U0074818

1ooo針的勇氣

趙小僑 著

目次

Chapter 5　小於 **0.1** 的夢魘

Chapter 6　挺過 **16** 週胎停

Chapter 7　一連37週的心驚膽戰

Chapter 8　2800克的甜蜜負荷

Chapter 9 恐怖的 2 條線

Chapter 10 堅定不移的 900 多個日子

照片提供 / 潘朵拉專業兒童攝影

從植入前，一直到生產，為期 10 個月以來的每一天，我都得打針。
但我不怕，因為我知道每一針都是愛。

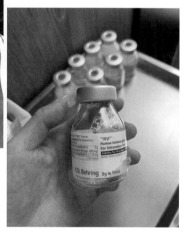

早在胚胎植入前，我經歷不只一次
的免疫療程，有些生物製劑還得住
院施打，謝謝醫護人員的陪伴，持
續為我打氣。

免疫球蛋白，小小一瓶卻要價不
菲。懷典典寶寶的期間，我總共
施打了 168 瓶，有些人問我怎麼
撐過來的？咬牙悶著頭往前衝就
對了。

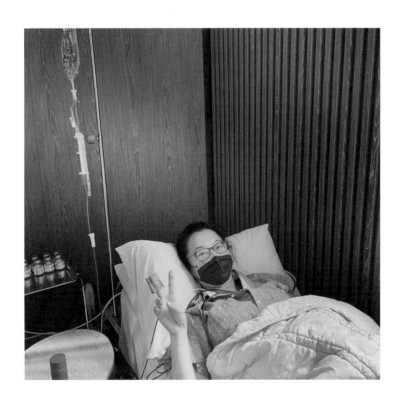

施打免疫球蛋白時，得同時觀察血氧、血壓、心跳。
我曾經在連續施打的第二天，心跳飆高到每分鐘 125
次、體溫升高到攝氏 37.5 度，不明原因。

懷孕滿 3 個月時，我「又」拿到了孕婦手冊，比起上次的興奮，這次只有滿滿的擔憂。寶寶到手才是真的，我還要再努力 7 個月。

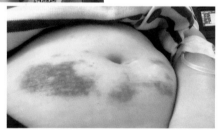

每天至少 1 針肝素（有時候每天 2 針）因為是抗凝血劑，所以肚子瘀青嚴重，有時候甚至還找不到地方打。打到寶寶出生的前 3 天，我總共打了超過 300 針。

很榮幸在懷孕後期受邀拍攝雜誌封面，記錄人生最美（也最胖）的時刻。

照片提供 / 嬰兒與母親雜誌
攝影 / 潘朵拉專業兒童攝影

照片提供／小詩琦映像館

2022/07/05 對我來說，
是最值得紀念，也是最有
意義的一天。因為，我做
到了，我有女兒了。

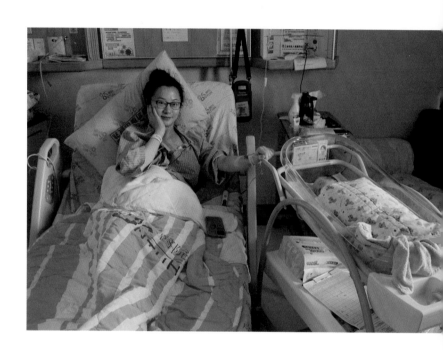

在醫院，我們選擇母嬰同室。雖然
剛當新手媽媽的我有點不知所措，
但就是捨不得離開女兒。

兩位女兒傻瓜。寶寶的氣味、溫度，足以融化冰雪。

寶寶因為黃疸住進嬰兒中重症病房。我雖然沒啥奶，但是仍然每隔2小時至3小時去一趟病房，堅持餵奶（新手媽媽不熟悉餵奶，只能全脫了）。

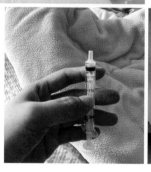

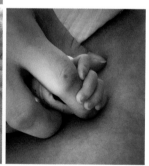

第一次擠奶，1小時才擠了0.1毫升，珍貴的初乳呀！雖然我的奶量一直追不上來，但也堅持親餵到寶寶5個多月大。

我要保護妳一生一世，誰敢傷害妳，我就跟他拚命。

妳值得擁有世
界上所有美好
的事物。

真神奇，這兩個人長得真像。

我的「好」字！子銓完全是寵妹狂魔，
就是整天狂聞、狂親。

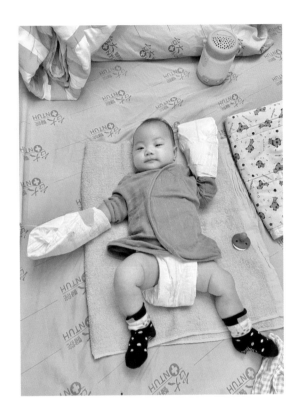

在治療新冠肺炎的專責病房，為了防止典典寶寶去動到雙手的針頭和固定板，所以斗哥用柔軟的尿布包起來，成為名符其實的「龍蝦寶寶」。

因為妳，我開始喜歡粉紅
色。也因為妳，我開始計劃
好多旅行。（攝於北京）

妳開始像跟屁蟲，我做什
麼你都要跟著，希望這段
日子可以長一點。

2 歲的我跟 10 個月的妳。

照片提供／潘朵拉專業兒童攝影

從此以後，我們過著幸福美滿的日子。

致小僑及每個樂觀、勇敢的妳

劉亮佐／小僑的老公、子銓和典典寶寶的爸爸

不記得，或我也從來沒想仔細的記得，和小僑從認識、戀愛到現在，到底幾年了？我們的關係，就像我陪著相差近 20 歲的兩個孩子的成長過程一樣，在漸漸成（變）熟（老）中，開始發現更多微妙的細節。

對很多人來說，婚姻可能是索然無味，而不得不咀嚼吞嚥的過程，即使曾有過鮮美滋味，卻偶爾也會有噁心、嘔吐或腹瀉的不健康，我經歷過那種不健康，所以就更珍惜這段應該是兩個人和一輩子的關係。

在小僑歷經 1000 針的這幾年，我們一起度過了期待、緊張、失望、充滿信心、喜悅、天堂般的狂喜、地獄

般悲傷和無與倫比的幸福。

在這些年，我和小僑也更懂得在生命中接住對方，互相成為倚靠，到現在更像是一對用命換命的浴血戰友。其實我很心疼小僑決定出版這本必須細細重複回憶 1000 針過程的書，但是這個樂觀、勇敢、異常善良的女孩，卻堅持和辛（心）苦的未來爸媽們，分享這一路以來的顛簸，這本《1000 針的勇氣》一字一字完成的過程中，我們常各自揪心流淚看稿、改稿，然後……終於……

親愛的小僑：

謝謝妳給了我們最幸福的家，也給了所有想擁有寶寶的爸媽們，最大的勇氣和最溫暖的擁抱，我愛妳～～

讓我們一起走入1000針的生命故事

賴興華 醫師／送子鳥生殖中心創辦人

這本書不只談「做人」，也是育子及教養書，而書中滿滿的愛與正能量，更像是一部勵志電影，讓有淚不輕彈的我，還沒看完就潸然欲淚。

她總是先相信再被看見——相信自己、相信事在人為、相信挫敗中藏有禮物。

她的求子旅程與眾不同、認真且真誠，而她的感恩與勇氣、紀律與堅持到底的決心更是令人動容。身為企業負責人，我在她身上看見了「目標管理」、「時間管理」與「逆境商數」，萬分感動的將這本老少皆宜的書推薦給渴望成為「更好的自己」的兩性朋友。

從事「個人化精準試管療程」多年，她是我第一位「全程陪伴」的客戶。直白來說，就是一路從胚胎植入陪到生產。在她之前，客戶懷孕滿 3 個月就「畢業」離開；而「典典寶寶」誕生後，送子鳥看診系統則多了一個「小僑模式」（Model 小僑）貼圖，感謝她喚醒了我們對那些極少數已畢業，卻來不及聽見寶寶哭聲的「媽媽」的重視。在此也預祝因「小僑模式」而不必全家人相擁而泣，且即將當媽媽的張女士（10 年植入第九次）與林女士（才 30 歲，植入第五次），等哇哇聲「被聽見」後，我想介紹她們兩位認識。

1000 針！這背後的辛酸當事人最了解，而身歷其境的我除了不捨，最大的收穫便是從中學到「如何搞定看不見的免疫大軍？」送子鳥從 2008 年「相信免疫」至今，陪伴數千位求子的免疫媽咪找到出口。首次為小僑植入時有點輕敵，套用經驗法則卻不幸落敗；直到第二次植入時發生「懷孕 16 週胎停」，才驚覺她是超越 SOP 以外的 5%「極端案例」。量身打造設計療程後，終於在第三次植入喜迎「典典寶寶」，前後

總共歷經了 900 天的「陪伴」與「修練」。

愛分享的她，引介了諸多面臨相同處境的親朋好友，而這些友人也都陸續當媽媽了，甚至最近還有因「重複植入失敗」而遠從澳洲、新加坡、香港等地前來的夫妻，我問：「你是怎麼認識我們的？」答案竟是：「因為看到小僑的 YouTube 影片。」感謝她讓許多不信「生殖免疫」的朋友開始相信，期待在不久後的將來，全球更多的生殖同好也能看見如此典型的「教案」，「眼見為憑」生殖免疫的真實存在，進而一起陪伴這群在試管療程中只占 5~10% 的「小僑們」。

1000 針，換來了一個幸福與圓滿！恭喜之餘，也感謝勇往直前的小僑及其家人，還要感謝杜醫師、全體參與的夥伴，以及無數個奇蹟！因著我們的努力，聰明可愛的「典典寶寶」終於被創造出來。

最後要分享一個祕密，屆齡退休的我這輩子被打的針

還不及 1000 針，而打在他人皮下的針又更少了，而妳
（你）呢？

讓我們一起走入 1000 針的生命故事，讓世界更美好！

🦋 作者序

提筆在寫這篇序文的時候，典典寶寶已經1歲多了，活動力旺盛的她愈來愈難帶，每天都讓我忙得焦頭爛額。但是我從來沒有一天後悔過，因為我明白這一切都是自己的選擇，我心甘情願為孩子付出一切。

對於能夠擁有典典寶寶這件事，至今仍像夢一樣，總是無時無刻的想她、抱她，也會常常對著她說：「謝謝妳來當我的女兒」甚至還會在腦海中自動播放回顧，回想一年前的自己在做什麼，有多努力，如今才盼到眼前的孩子。

正是因為自己親身經歷過，更加體悟過程中的不容易，

因此我打從心底珍惜、感恩。我希望可以藉由這本書分享自己這一段真實故事，給你們多一點的勇氣，把握在對的時間點，有效率做正確的事。

032

我與斗哥都覺得：「人生不要留下遺憾。」特別是在疫情過後，我們的感觸又更深。無論現在的你幾歲、正在人生哪一個階段：求子、求職、戀愛、婚姻，或是任何事情或考驗，只要你確定自己認真思考透澈了，那麼便值管放手一搏，盡全力去嘗試吧！如此一來才對得起自己，也不枉費走過人生這一遭了！

峰

2023.10.4
在家中

好孕大明牌

在和大家分享我的求子之路前,有些數字我想透過這本書留下紀錄⋯⋯

這些資訊都是我的人生祝福,也是命定的專屬「明牌」。(該用這些數字來簽大樂透嗎?)它們不僅代表我的努力與堅持,也彰顯了生命奧妙,足以歷久彌新,成為我心裡珍藏一輩子的珍貴記憶。

6:我在全身麻醉的情況下,總共進行 6 次取卵療程。醫師一度還擔心我卵子太多,可能導致卵巢過度刺激症。(註1)

4:我總共進行 4 次植入療程,在子宮裡植入胚胎!意

思就是，我總共做過 4 次試管嬰兒，直到第四次才成功懷孕生下典典寶寶。

96：這是我最驕傲的數字，沒想到像我這樣 40 歲的高齡，竟然可以取到 96 顆卵子。我忍不住拍拍手，為自己卵足勁的力拚到底而鼓掌，也感謝爸媽給了我這麼好的體質。

25：我一邊做試管嬰兒，同時治療免疫，平均每天就要服用 25 顆藥，而且這還不包括塗抹的藥與塞劑。為了避免忙裡出錯，我甚至還一一寫下來貼在冰箱上，提醒自己按時服藥。

168：為了控制身體的免疫系統、提高胚胎植入子宮後的成功率，在懷典典寶寶的過程中，我總共施打了 168 瓶免疫球蛋白。

286：單單只是計算懷典典寶寶的過程，我總共就已經施打了 286 劑肝素。肝素是我這輩子打過最痛的針，加上這是抗凝血藥物，所以當時身體上常會出現莫名的瘀青，尤其肚皮部位的顏色更是黑得嚇人。

1000：統計我從 39 歲開始做試管嬰兒，一直到 42 歲生下典典寶寶為止，期間我平均每天至少要挨 1 針以上。意思就是我為了懷孕生子，已經累積 1000 針以上的施打紀錄。

2022 年 7 月 5 日：這是典典寶寶的生日，也是我生命裡最美麗的日子，對於恩典滿溢的這一天，我的內心無限感恩。

2800：這是典典寶寶誕生時的體重。當年我出生的時候，也剛好 2800 公克呢！沒想到世界上有這樣的巧合！看來我們母女不只心連心，就連體重也相同。

註 1：卵巢過度刺激症（Ovarian Hyperstimulation Syndrome, OHSS）
目前的成因與機轉不明，可能因為荷爾蒙刺激卵巢，導致微血管通透性
增加，使大量液體從血管流向胸腹腔與淋巴循環系統聚積，而造成血容
量減少、腹水、胸水，甚至四肢水腫等症狀。

Chapter 1

成為
跳級媽媽
的這 10 年

與子銓的相處，讓我發現自己的母愛能量，

原來當媽媽是這麼一回事呀！

許多粉絲問過我，

為什麼可以和子銓相處得這麼好？

畢竟大眾對「繼母」的想像和理解深受童話故事影響，

已被烙下負面標籤

《灰姑娘》裡的後母與《白雪公主》的皇后都被塑造成壞角。

因為沒有血緣關係，

做得再好人家也不見得會感激，

但只要稍有不慎，

就會變成童話故事裡的壞媽媽。

所以，對於這樣吃力不討好的事，

幹嘛去做？又該如何做好？

一件恐龍裝
走進家庭

我從不在意別人的眼光和標準，我只服膺自己的感覺，不管是對事業或愛情，只要我認定了，就是義無反顧的付出。所以我不認為這是吃力不討好的事，我愛上了一個人、我認定了他，這個理由就足夠了。

有時候回想起這段歷程，我還是覺得容易得不可思議！

1件恐龍裝、1個晚上，我就被1個小男孩帶到前所未有的美好世界，打破任何童話的警告。

當時斗哥是個單親爸爸，在顧及子銓的心情下，他並不急著讓我走入他的家庭，尤其是面對子銓這件事。他決定先把小孩跟自己的愛情分開來處理，於是他對

我說：「我們先從愛情開始，不用急著進入彼此的家庭，不需要有那麼大的壓力。」

我覺得這樣挺好的，很多事情真的不必太過刻意。但我也必須承認，當時的我對於和子銓相處也有一些焦慮。

雖然之前我跟子銓見過一次面，但那時候我跟斗哥只是朋友，而且也還有其他人同行。但接下來我可能會以「爸爸的女友」身分出現在他面前，心裡肯定會忐忑不安。

但更讓我擔心的是，我真的能與小孩好好相處嗎？我缺乏這方面的經驗，更何況當時的我在面對有小孩吵鬧的場合，心裡常常還會浮現這樣的小劇場：「如果我是你媽的話，你就死定了。」在這樣的情況下，跟子銓見面、相處這件事確實讓我擔心。

結果，我所擔心的事情根本沒有發生，而且是反方向發展。

我知道子銓喜歡恐龍，偶然看到 1 件很可愛的恐龍裝，所以我買下來想要送給他。你要說我在討好他也可以，但我並沒有想過要靠這件恐龍裝收服他，只是覺得子銓穿起來應該很可愛、他會很開心。

當天晚上我就迫不及待想把恐龍裝送去給子銓，但是因為斗哥那晚不在家，所以我事前還特別先跟他討論這樣做適不適合。結果斗哥覺得這是 1 件好事，應該不會有什麼問題，而且還很鼓勵我這麼做。

越級打怪
發現母愛能量

接下來的事情，就超展開了。

我到現在都覺得不可思議，我想自己應該算是「越級打怪」了。只能說，如果我不是天生的練武奇才，就是命運之神對我太優渥了。

本來我打算在送禮後，與斗哥媽媽、子銓寒暄幾句就離開，沒想到子銓竟然走過來牽起我的手，然後往他的房間走去。我當時心想：「這孩子的膽子也太大了，竟然敢這樣拉著不是很熟的女生『開房間』！」

進了房間之後，子銓要我講睡前故事給他聽，最後還要我陪他睡覺。他很快就睡著了。沒想到我才剛走出

子銓的房間，斗哥媽媽竟然叫我留下來過夜！我整個大傻眼，正當還在想辦法搞清楚是怎麼一回事的時候，故事的發展好像就已經定調了。那種感覺就像是王子與公主都還沒有經歷過什麼考驗，就準備直接回到城堡，從此過著幸福快樂的日子。

對於子銓的反應，斗哥也嚇了一跳，因為子銓不會隨便要別人唸故事給他聽，也不會隨便讓家人以外的人陪他睡覺。

但真正讓我吃驚的是，我發現了自己的另一面：我竟然超有母愛！

真的！連我自己都嚇一跳！原本我以為自己沒有耐心、不擅長與小孩相處，但隨著與子銓相處的時間愈來愈多，我發現自己的母愛也愈來愈強烈。可是我還沒有當過媽媽，子銓跟我也沒有任何血緣關係啊！

自從開始照顧子銓之後，只要陪他睡，我一定都睡不

好。因為只要他稍稍動一下我一定馬上驚醒，立刻查看他是不是踢被子或身體有哪裡不舒服。心裡都掛念著怎麼照顧他會比較好。

我很幸運遇到子銓這麼貼心的孩子，他給我的回應太濃烈，而且正面、充滿愛。成為繼母之後，我看到自己心中的母愛能量、開始相信母性的本能，當你開始照顧孩子，而且是全心全意付出的時候，身體就會跟上那個節奏，自然而然的流露出母愛，而且這份愛會愈來愈強烈！

打開
媽媽美麗新世界的鑰匙

這種愛，強烈到什麼地步呢？我覺得，我想要保護子銓一輩子。

我之所以會有這種強烈的感覺，是因為發生了一件事讓我更確定自己對子銓的愛。

有一次斗哥因為在外地有工作而不在家，當天晚上我回家之後，斗哥媽媽告訴我，子銓把自己關在房間裡一整天都沒有出來。我當時覺得：「這孩子可能是想爸爸了吧？」所以想要安慰他。哪知一走進子銓的房間，才剛開口問他怎麼了，他就衝過來緊緊抱著我，然後放聲大哭了半個小時。

我問他為什麼哭？他邊哭邊喘息：「我想爹地啊！」我抱著他，撫摸著他的頭髮安慰的說：「爹地也想你啊！他就快回家了。你這樣哭不累嗎？」他邊哭邊說：「很累。」超可愛的！但這樣的可愛又讓我忍不住心酸，或許他以為只有哭泣，才能讓我們陪著他。

那一刻，我才理解到父母離婚這件事，或多或少都在子銓的心中留下陰影。那是對「分離」的焦慮，孩子心裡渴望有人陪伴、擔心會被拋下。一想到這裡，我便對自己說：「絕對不能讓子銓再次經歷被拋下的感覺。」我也曾對斗哥說：「我真的有可能會因為劉子銓而嫁給你。」

一般人的愛屋及烏，大概是因為對某人的愛而接受了孩子。我不一樣，我是兩個都愛，甚至有可能對子銓的愛更多。與子銓的相處，讓我發現自己滿滿的母愛能量，原來當媽媽是這麼一回事，就是這樣被人依賴、緊緊擁抱的感覺。

原來那件恐龍裝不是送給子銓的，而是上天送給我的鑰匙，開啟了讓我走進成為「媽媽」的美麗新世界的大門。

魚干女
的華麗變身

愛，是個既飽滿又空洞的詞，除非為愛付諸行動，而且不單單只是想對一個人好而付出，還有願意改變自己到什麼地步。

比如說，從「魚干女」變身成有潔癖的控制狂。（笑）

對！我說的就是我。

大家可能不相信，其實我是個「魚干女」。別看我總是外表光鮮亮麗，其實以前我的房間非常凌亂。

倒不是我不愛乾淨，只是因為工作常常需要趕通告，所以出門前找到自己要穿的衣服之後，我就會把其他

試過的衣服先丟在床上。之後就因為工作時間長，回到家都累趴了，只想趕快休息，於是就會把床上成堆的衣服推推挪挪，硬是清出一點空間夠我躺下來睡覺就好。最後成了惡性循環！衣服、褲子與配件堆得到處都是，就算想整理也不曉得從何下手。

說來也奇怪，我小時候的家庭教育並不是這樣的。我媽媽非常重視家裡環境整潔，把家打理得窗明几淨，所有東西都井然有序。照理說，從小生長在這樣環境下的我，應該會在媽媽的耳濡目染之下成為喜愛整潔的人才對。

好吧！答案顯然是否定的。

但是這樣的我，卻願意為了孩子澈底改變，成為愛整潔且一絲不苟的人，連我都非常佩服自己的決心。因為我覺得面對孩子不能有任何鬆懈，而且身教大於言教，實在是太重要了，所以我會給自己莫名的責任感要做好榜樣。

所以我每天都很認真的打掃家裡，我希望子銓、斗哥每天外出回家之後，都能感覺舒服，因為我想給他們最好的！例如我們家的水龍頭是連 1 滴水漬都不會有的，來我們家做客的朋友也會讚嘆廚房潔淨，甚至以為廚房剛換新，或是以為我不常下廚。

我想為你做更多

為了子銓的飲食健康，我也開始學煮飯了，因為外食容易有太油、太鹹的問題，我擔心對孩子的成長發育不好，所以決定親自下廚。我做的第一道料理是義大利肉醬麵，因為子銓喜歡吃，所以我就動手嘗試做看看，沒想到第一次試做就成功，子銓很喜歡，可能我真的是被演藝工作耽誤的料理天才吧！（笑）

我為了所愛的人有如此大的轉變，也因為這份能量讓我一直愛下去。直到有一天，我得到最暖心的回報。

那是前幾年的某一天，我聽到廁所裡傳來吸塵器的聲音，當我納悶的走進廁所之後，竟然看到子銓正在用吸塵器清理地上的頭髮。

我跟子銓說：「天啊！我等這一刻等了 10 年了！你願意愛這個家很好，我們每一個人都必須為這個家付出。」我願意為全家人全心全意的付出、給家人無微不至的照顧，如今我堅持的身教看到成果，也得到回報，讓我在教導孩子更有信心。

對我來說，保護好這個家、把家人都照顧好就是我表達愛的方式。我這麼做並不是為了要得到什麼「賢妻良母」的稱號，只是很自然的想著還能為這個家與家人再多做些什麼。

願意花時間
陪伴孩子的虎媽

「陪伴」這兩個字很多人都能輕鬆掛在嘴邊，一旦去實踐才會知道有多麼不簡單。說得更直白，「陪伴」的意義就是願意花時間在孩子身上，因為這是孩子最能感受到的。

我承認自己是「虎媽」！但我不是只會要求孩子的虎媽，而是會專注陪伴孩子的媽媽，無論課業、興趣、交友，以及各種活動等，我都會真誠參與。

基本上我的週末不排工作，我要把時間留給子銓，因為他可能要去上才藝班，或是與同學相約出去玩，而我一定會從頭到尾陪伴他。其他的時間也是以子銓為主，我從來沒有錯過他在學校的任何活動，例如：運動會、親

師座談⋯⋯等任何活動、行程我一定都會參加。

其實一開始，我的人物設定並不是這樣的。最初斗哥希望我扮白臉、他扮黑臉，我只要負責跟子銓玩就好了。但我的個性就是沒辦法按照別人的「人設」去做，因此不到 1 個月，我就「自黑」到底了！我開始參與子銓的活動、督促他的課業、陪他學習才藝，並且緊盯他的生活禮儀。

我覺得，凡事總是要盡力而為。至少我努力過了，子銓也嘗試過了，不管結果是否盡如人意我都能接受。我不想在未來的人生裡還記掛著「當初如果怎樣怎樣，可能就會如何如何」這樣的遺憾，我也想讓子銓理解這樣的人生態度。

我希望子銓快樂，更希望他學會對自己的人生負責，而不是放棄或逃避。畢竟有些事躲不掉，就算很討厭、不擅長，還是得面對。

孩子懂我的用心良苦，
願意全力支持

斗哥有時候覺得我太嚴厲，不管是對子銓的課業或生活，因此他常常用我小時候的故事來勸我「己所不欲，勿施於人」。既然我小時候不喜歡被父母那樣嚴厲的對待，長大後就不該這樣對待孩子。

斗哥最在乎家庭的氛圍，他常說：「家庭的氣氛好，孩子的成長才會好。」

這一番話點醒我，所以我一直努力調整自己，在認真的同時也懂得適時的鬆手。我不是「直升機媽媽」什麼事情都要管，我的「控制」是要讓子銓明白自己的責任與做人的應對進退，而不是過度干預他的生活，更不曾想過要把他變成我認為最好的樣子。

我曾經問子銓：「我這麼嚴厲，難道你不會排斥我嗎？或者你有討厭我的地方嗎？」因為內心深處一直有個惡夢糾纏著我：如果有一天我與子銓因為某事爭論讓他突然爆出一句：「妳又不是我媽，妳憑什麼管我那麼多？」我該怎麼辦才好？

在我說出自己的惡夢後，子銓當下的反應只是覺得我很蠢。這讓我鬆了一大口氣，因為他這樣的反應彷彿是在告訴我：「妳就是我媽啊！所以妳當然可以管我那麼多。」我想自己是幸運的，在陪伴子銓成長的過程中，他能感受到我所做的一切是發自內心為他著想。

而子銓的反應，也常常讓我感覺溫暖、欣慰。

當我決定要做試管嬰兒之後，子銓自告奮勇要幫我打排卵針，之後也真的付諸行動，讓我非常感動。

因為子銓的膽子不大，從小到大都怕打針（怕到會哭那種）的他，竟然願意為我拿起針筒。每次想起這件

事我的心就暖暖的，因為子銓很挺我，願意以實際行動支持我的希望，哪怕是自己最害怕的事都願意站在我這一邊。這讓我對於生小孩這件事更有信心。

做出最正確的決定
——生小孩

進入家庭、成為子銓的繼母之後，讓我看到斗哥是非常溫暖的好爸爸。所以結婚之後，我馬上就決定要生小孩。當時我已經 37 歲了，想懷孕就必須加快腳步。但另外一個很重要的理由是子銓，因為我很想讓他有個弟弟或妹妹！

經過這麼多年來的相處與互動，我有時候會覺得有子銓這個孩子就夠了。但偏偏子銓很特別，他從小就特別喜歡小孩，任何聚會上只要有人帶嬰兒來，子銓一定會去抱抱嬰兒逗他玩。

我想可能是子銓小時候常常 1 個人，只能對著房間裡的恐龍公仔和玩具，雖然他可以 1 個人玩整個下午，

但在心中或許還是烙下孤單的感覺。如果能有個弟弟或妹妹，對他應該是非常美好的一件事。

當子銓知道我要生小孩的決定之後，他比任何人都要高興。這讓我鬆了一口氣，畢竟很多像他這樣經歷過父母離異的孩子，會擔心爸爸和媽媽有了新到來的小孩之後會忽略自己。子銓沒有這樣想，他理解我與斗哥對他的愛不會因為任何因素而改變，也相信這個家會因為新的小生命更幸福完整。

子銓高興到什麼程度呢？他會做「胎夢」。在我求子的過程中，他做了3次以上的「胎夢」（我竟然連1次都沒有）。他曾向我描述夢境：妹妹16歲了，因為不滿我禁止她與年紀很大的男人交往而離家出走，他對此非常生氣，於是就偷了1輛摩托車要去找回妹妹……

我微笑看著子銓描述夢境的神情覺得很幸福，我知道自己的決定正確，子銓會是個好哥哥，事實證明也如同大家所看到的一樣。看著他與典典寶寶的互動，尤

其是寵溺的眼神，以及逗著她玩的樣子，他真的是個
很照顧妹妹的好哥哥。

我很慶幸當初自己做了這個決定，畢竟我與斗哥不可
能一輩子陪伴著他們，即使兄妹的年齡相差近 20 歲，
但我相信他們會互相扶持一輩子。

Chapter 2

3個
天蠍座媽媽

我們一家都是天蠍！
特別是我、婆婆與媽媽這三個天蠍座媽媽
都有這個星座的堅定與強烈的內在能量，
而且對愛毫不保留、控制慾也比較強。
雖然我們共同擁有這些特質，
卻展現了不一樣的生活觀。
媽媽為我示範了理性與嚴謹，
婆婆則是讓我明白溫柔與寬容的力量，
她們都形塑了我對「媽媽」這個角色的想像，
無論是自己的工作與家庭經營，
或是孩子的學業與生活教養，
所有面向的作為都是支持我的參考典範。

媽媽是
嚴謹的天蠍座

我媽媽是對自己要求甚高的醫事人員,做起事來條理分明、精打細算。儘管身為職業婦女,她在每日忙碌工作的同時也悉心照料全家人的生活,日復一日從不間斷。

幾十年來,她每天固定早上 5 點起床,從洗頭與吹整開始,接著開始掃地、拖地、準備早餐,然後叫孩子起床、吃過早餐後送去學校,最後再去上班。數十年來如一日,維持規律的生活節奏。其中特別讓我感佩的是,儘管我們唸的小學離家不遠,但這 6 年來每天都是媽媽親送,我從來沒有一天是自己走路去上學。

那麼,媽媽一天的生活又是如何收尾的呢?下班後,她會拖著疲累的身子回家準備晚餐,等到家人都吃飽後,

她會睡倒在客廳直到 8 點半左右醒來。醒來後的媽媽就像是充飽電，接著又開始下一波忙碌，洗碗、洗衣服、查看我們的作業，接著叫我們去洗澡和睡覺等，一直忙到將近午夜 12 點才會上床休息。（斗哥說，我每天的狀況也和媽媽一樣，甚至有過之而無不及）

媽媽如此要求自己，不意外的，她也是這樣要求我。從我有記憶以來，就一直接受媽媽的各種安排，凡是想得到的才藝，一定都會排入我的生活。

但是我學這些才藝不是因為興趣或打發時間，而是背負著媽媽非常高的期許。比如說從我 4 歲開始學鋼琴，媽媽就請了兩位鋼琴老師教我，一位是在音樂教室上課，另一位則是到府教學。因為媽媽一直相信我有音樂天賦，所以對於老師提出的任何意見一定照單全收，然後要求我做到。

對才藝的要求如此，對課業的要求就更不用說了。所幸我在這兩方面的表現都不錯，總算還讓她滿意。

對愛的
不同表達方式

至於對生活方面的要求，就真的很「精采」了。我從小就是很有主見的孩子，讓父母傷透腦筋，遇上處事嚴謹的媽媽免不了有許多磨擦。我很愛玩，也想玩，但是所有與「玩」有關的念頭對媽媽來說都是「邪門歪道」，所以她一律禁止。因此我們母女之間時不時會發生衝突，最後結果幾乎都換來她對我的嚴厲制裁。

在我青春期那個年代，打罵在家庭教育司空見慣，而我媽媽對我的約束非常令我匪夷所思。例如初中時期的我因為收到太多情書，媽媽竟然把我遠送到南投草屯上學，理由是因為她覺得我在那裡比較不會「招蜂引蝶」。後來我還是用考試制度（參加臺北市聯合招生考試），才說服她讓我回臺北。

在這樣的成長過程中，我對媽媽的情感是很複雜的，於是一路「拉扯」出我們之間的特殊母女情感。有時我會對媽媽感覺很厭煩，因為她總是對我百般要求；然而有時我看到媽媽整天忙進忙出的樣子，又會因為覺得她辛苦而默默心疼。

我雖然不想承認，但是媽媽（爸爸也是）對我的影響太大了，在生活各方面一點一滴形塑我的觀念。直到我也當了媽媽，也就認定當媽媽就得像我媽這樣：為了摯愛的家人任勞任怨。

隨著年紀漸長我總算明白，那就是媽媽對家人表達愛的方式。她把家裡收拾得一塵不染、日日準備美味餐點、對孩子有各個方面的要求，她盡力想把這個家照顧好，希望我們每個人平安健康。

後來當我決定做試管嬰兒時，媽媽和婆婆都投下反對票，理由同樣是擔心影響我的身體健康。雖然我最後還是堅持到底，卻可以體會她們的心情，明白媽媽對孩子的疼惜，她們都在用自己的方式表達對孩子的愛。

婆婆體現最佳教養指引：
相信與支持

如果媽媽是一絲不苟的蠍子，那麼我婆婆就是完全的浪漫派。

婆婆的浪漫就像是超能力，她對很多事物都充滿好奇，不會帶著批判的眼光論斷他人，總是把吃虧當做吃補。這些特質也反映在教養，例如她對孩子沒有任何要求，總是用愛包容一切，再加上幾乎沒有原則的信任，以及毫無限制的支持。婆婆這樣的教養方式，幾乎與專家大聲疾呼的育兒觀念和教養原則背道而馳。

斗哥曾經與我分享，小時候向媽媽要錢去買參考書的故事。許多孩子會利用這樣的機會為自己爭取更多零用錢，然後以少報多中飽私囊（我就是這種孩子）。

但遇到我婆婆就不用這麼麻煩了，斗哥說要 500 元買參考書，婆婆直接給他 1000 元，其他包括看電影、和同學出去玩，以及買東西等，也都一律不問不查直接加倍給，所以斗哥家從小就沒有零用錢制度，沒錢時隨時隨地都可以跟媽媽要。

婆婆對子銓的照顧也是這樣，她曾經每天帶他去百貨公司玩，而且都可以買個玩具回家。（是每天哦！）買到最後連玩具專櫃的服務人員都看不下去了，語重心長的勸誡婆婆：「阿嬤，妳不能這樣寵孫子啊！」

婆婆這般寵愛孩子，卻沒有讓他們誤入歧途，也沒有把斗哥教成「敗家子」或「媽寶」，反而教出我心目中「全世界最好的男人」。

公公過世的時候，斗哥兄妹一個 14 歲、一個 12 歲，婆婆一肩扛起整個家的經濟重擔，用盡各種方法把孩子拉拔長大。對她來說，上述作為都不是寵，她只是想把自己做得到的、覺得最好的統統都留給孩子。她

付出的那份心意，正是我所認為最好的教養指引：相信與支持。

我看見婆婆堅守媽媽的責任，也感受到她的慈母溫柔力量，這時常讓我停下腳步反省自己：有時候會不會太嚴厲了呢？

愛要
刻意經營

至於我，應該是前面 2 隻蠍子的綜合體吧！我有媽媽的務實，也有婆婆的浪漫。同時我相信：愛要刻意經營。

天蠍座很重視「儀式感」。如果家人之間必須不斷妥協、遷就，甚至要容忍生活瑣事，那麼為什麼是要「忍耐」，而不是「經營」呢？我不覺得「歲月靜好」這種生活氛圍會自然發生，絕對必須有人去做些什麼，才能讓家庭生活充滿微笑、讓夫妻之間維持有愛的順暢溝通。

因此，除了「用心把家打點好」會讓我覺得可以充分表達愛意，「不吝嗇讚美」也是我表達愛的另一種方式。我會把「我愛你」3 個字掛在嘴邊，我每天都覺

得另一半很可愛，而且也會這樣告訴他，就算再忙、再累，我也一定會每天擁抱斗哥和孩子。

我與斗哥彼此陪伴，時常有著想為對方做點什麼事的心意。每當我的生理期來時，斗哥總會為我親手熬煮黑糖紅豆湯。而我，也願意陪著斗哥每晚聽相聲入睡、休閒時去釣魚和野炊，一起去做他喜歡的事。

除此之外，我也覺得把話說出來很重要，就算是吵架，也是很重要的溝通方式，不該因為害怕衝突而退縮。生活中難免有意見不同的時候，我總會拉著斗哥釐清彼此的想法。其實斗哥也是 1 隻天蠍！只不過他是內斂的感性蠍子，與我大相逕庭卻又剛好互補。

我們天蠍一家性格迥異卻執著積極，願意為了家人用生命抵擋一切危險。相信我在這樣的家庭中會更有自信養育孩子，可以看見自己嚴厲卻不失溫柔的與孩子共創幸福。

我滿心期待，自己在天蠍座媽媽與婆婆的「耳濡目染」之下，能學會剛柔並濟。既能堅持大原則，同時保有彈性空間，進而成為堅強有韌性的媽媽，在孩子的成長過程中給予他們更多關愛。

Chapter 3

37歲
備孕起手式

決定結婚、動了生孩子的念頭之後，
我就開始各種嘗試和準備。
一開始我當然也想自然受孕，
所以我與斗哥都去做了健康檢查，
在確認彼此的生育功能都沒有問題後，
我就開始調整飲食與作息。
前後兩年多備孕期間，
我也在事業方面做出重大改變：
從傳統演藝工作轉向經營自媒體頻道。
這個決定對我深具意義，
因為生小孩與開設 youtube 頻道都是在孕育「新生命」，

一個是孩子，一個是事業，
能用新的事業記錄孩子的成長，
沒什麼比這個更讓人期待了！

改變
飲食與作息

起初我也想要自然受孕（誰不想自然受孕），然而卻遲遲沒有懷孕的消息。我心想：「會不會是我太瘦了？」因為當時我的體脂只有 18，但更重要的是，我去諮詢營養師並且抽血後，營養師發現我營養不足，該有的維生素 A、B、C、D、E 全都不夠，進一步再根據我的其他抽血檢測數據判定，我應該就是腸胃功能不好。

我瞬間驚醒了，該有的營養素不夠，我連自己的身體都搞不定了，這要如何去孕育 1 個生命？原來我以前東補西補卻效果不彰的原因，竟然是因為我的腸胃還沒有準備好。

因此前後 2 年的時間，營養師特別為我設計菜單，每隔 2 週更新一次，並且加強備孕需要的營養素，希望在顧好我的腸胃健康同時，也幫助我吃出營養均衡的真正健康。這樣在懷孕後才有足夠的養分提供給寶寶，也能避免產後因為身體的養分都給寶寶而可能導致的情緒低落，甚至是產後憂鬱。

好好「吃」的同時，也要好好「動」起來。所以只要有人說做某某運動對身體很好，尤其能助孕，我就會毫不遲疑的嘗試，例如皮拉提斯、瑜伽、有氧Zumba、重訓、跑步等，並且維持每週 3 次至 4 次的運動頻率，希望讓自己的身體從裡到外都維持在最佳狀態。

除了運動，我也澈底改變原有的生活作息。

我是個不折不扣的夜貓子，時常 1 個人在深夜開車兜風，享受夜深人靜。但如果想懷孕，就不可以這樣了。我甚至還問過醫師，我的作息其實很固定，都是

天亮吃過早餐後睡覺，這樣可行嗎？想當然是被否定了。那麼，我又是如何「戒除」這個習慣的呢？

我的方法是盡最大努力減少睡前的活動，特別是那些會進入「心流」的工作，讓自己早早進入「該睡覺了」的狀態。這對我來說並不容易，但是現在的我已經可以讓自己在凌晨 1 點左右睡覺了。我在這方面的毅力，就連斗哥看了都很佩服！

從助孕撇步
到改變工作型態

其他能讓自己順利懷孕的基本公事，例如基礎體溫與排卵試紙等，我一樣也沒有遺漏，同時也下載 App 提醒：時間到要做功課了。在如此「理性」的努力之後，遲遲還是沒有好消息傳出來，身邊也開始出現各式各樣的「撇步」。

祈求神佛與占卜是「基本款」，當時我所擁有的各種助孕吉祥物，多到幾乎可以開店了。尤其是床頭，基本上就是被各種好孕棉與求子符堆滿，甚至還有遠從加拿大送來的，現在回想仍然十分感激。

床下也很熱鬧，有 1 把朋友送的、長達 1 公尺的金鏟子，預祝我「產子」。還有 1 塊直徑 30 公分的貫穿

石，用即將打通隧道那一刻所鑿開的石頭，為我帶來懷孕之路順暢的祝福。

另一方面，則是調整自己的工作型態。由於藝人的生活作息不固定，有時候忙碌、有時候清閒，日夜顛倒更是家常便飯，跋山涉水也是稀鬆平常，這些對身體來說都是負擔。

更別說是演戲時的情緒了，為了融入劇情與角色，常常也造成自己心靈上的磨耗。我曾經為了演一場要生氣的戲，而讓自己氣到全身發抖，這種情緒上的劇烈起伏，對身體的傷害肯定不小。

由於當下的我正在積極備孕，所以開始思考要逐步改變工作型態，想讓自己的生活作息與工作強度都能有所控制。

因為無論懷孕或產子，我還是想繼續演藝工作。加上我也一心做好準備要全力挑起育兒教養的責任，因此

我的事業勢必會有一段空窗期。難道我多年來在演藝圈的努力經營就要化為烏有了嗎？

我承認自己有點貪心，我希望人生不要只有 1 個方向、1 種可能，我還想要很多很多，想要美滿的家庭、事業有成，我還希望能參與更多作品的演出。

正式踏上
YouTuber 之路

考量孩子的成長只有 1 次，於是我與斗哥商量，如何能在「媽媽」與「演員」這兩個角色之間找到平衡點。最終發現，YouTuber 或許是不錯的選擇，不但能把時間操控在自己的手中、兼顧對孩子與家庭的照顧、把寶寶出生前後這段難得的人生旅程記錄下來，也可以不中斷我熱愛的表演工作，最重要的是能夠繼續和粉絲朋友保持聯繫。

於是我創立了《趙小僑女人說》，並且設定目標成為百萬 YouTuber！

其實在 2018 年當時，做 YouTuber 的時間點有些晚了，如果更早卡位的話，相信我應該能得到更多關注。

我還記得自己的第一部 YT 影片，是和 5566 的協志哥、仁甫哥、刀爺、孟哲一起拍攝的，主題內容是詢問他們的求子「撇步」。觀眾收看後的反應還算不錯，但仍然與我的預期有些落差。無論如何，我總算正式踏上 YouTuber 之路了。

老實說，這條路我走得一路碰壁，因為我是個標準的「3C 白痴」！說來不好意思，因為一開始我甚至連「複製貼上」都不會。有一次還為了「複製貼上」的問題，讓經紀人修毅疲於奔命。

某天修毅貼了雲端網址給我，並且再三叮囑我，只要「點」進去就可以看到所有檔案，然後我只要挑選適合的檔案下載即可。結果就在我大費周章的操作一番後，最後卻只看到一大堆紐西蘭的羊！

急求生子秘方 飢餓遊戲篇
仁甫和小刀：哈過就有了？

我在當下心想：「難道這個活動是與紐西蘭或羊有關嗎？」後來修毅出現在我家才解開謎團。原來是我把網址複製後，直接貼到 Google 關鍵字搜尋，因為字串裡有類似紐西蘭的拼音，所以羊群的圖片就這麼出現了。修毅瞬間大傻眼，他沒有想到我竟然連在哪裡貼上網址都不知道。

3C 白痴的
全方位進擊

隨著影片需要剪接與後製等技術層面的要求愈來愈
多，我找了很厲害的剪接師，一邊幫我處理影片，一
邊也教我使用相關軟體。她真的很有耐心，但我真的
也是個超級奇葩。

記得某天大半夜裡，我依照她的指示處理影片，但不
知道為什麼，無論怎麼做都不對，即使我們用視訊通
話，駑鈍的我還是不知道如何操作。後來我索性開車
載著筆電直接衝到她家，一路還不敢闔上螢幕，一直
到天亮才解決卡關的問題。

儘管我是個澈底的「3C 白痴」，甚至我的經紀人還以
此為靈感，設想了我的 YT 帳號（不知道大家有沒有

發現？）但我並沒有因此害怕去經營需要大量接觸 3C 的 YouTube 頻道。

我土法煉鋼邊做邊學，看到牆就衝破它，一路過關斬將進化到可以獨立作業，從剪接、後製，再到內容發想，以及該如何好好說故事，並且得到大家的關注，這些我都愈來愈有心得。

看到訂閱數一直穩定成長，我感到很欣慰。雖然距離百萬 YouTuber 的目標還很遠，但成為 YouTuber 後，我發現對自己的幫助很大，尤其是在看「表演」這件事的角度變得很不一樣。以前的我只是從演員的角度來思考劇中的人物角色，現在的我會用更宏觀、更全面的視野來看待影片，思考如何將頻道經營好。

在自己的 YouTube 頻道，我在每一支影片裡除了是演員，也是導演、編劇、製片與後製工作人員。這些不同的角色讓我有更多體會，因此對於「導演」這個角色也有了更成熟的看法。斗哥甚至還鼓勵我，也許未

來可以朝著導演這條路試試看。

《趙小僑女人說》自此成為我改變過去和未來的樞紐，維繫著支持我的每一個重要的你們，也記錄著我的生活與夢想，儲存了我們家點點滴滴的生活紀錄，並且推動著我持續前進。

Chapter 4

生平第一個
0分

我從來沒想過，生小孩這麼困難!!
我認為自己是一個強悍的人，遇到挫折就直接面對，
並且努力克服，完全沒有玻璃心，
也不會自怨自艾，或是到處討拍。
但有時候連我這種正向積極樂觀的個性
也會忍不住深深感嘆：
生小孩真的是難得太誇張了吧!!!!
甚至有時候我會想，
是否我人生的前半段過得太順遂了，
所以老天爺覺得
是時候給我一道關卡，好讓我更深刻體會
什麼才是「真正的人生」。

還能
再怎麼努力？

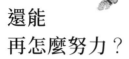

懷孕這件事情對女生的要求實在太多了。男生就算 70 歲都還有可用的精子，但女生 34 歲以後卵巢功能就可能開始衰退，更年期之後更是無法再受孕。

因此檢測卵巢功能刻不容緩，特別是我已經 37 歲，難免憂心自己的卵巢功能。好在檢測結果我的各項卵巢功能數據都相當漂亮，醫師甚至描述「與 20 多歲的女生差不多」，讓我安心許多。

但是我想更全面了解自己的身體，因此凡是對生育計劃有幫助的檢測，我都不想放過。

例如在正常懷孕過程中不需要特別去做的過敏原檢

測，我也去做了。因為聽說朋友懷孕前做過之後才知道自己吃牛肉會引發過敏，她擔心可能影響受孕所以不再吃牛肉，後來果然順利懷孕，還生了龍鳳胎。我得知後二話不說，立刻也去做了過敏原檢測。

過敏原檢測的項目非常多，每個人都可以依照自身狀況做勾選。為了慎重起見，我總共勾選百來個項目之多，當時檢測人員還忍不住問我：「妳是發生什麼狀況了嗎？」

沒想到檢測結果出爐，我竟拿到生平第一個 0 分！

在這個過敏原檢測中，每個單項的分數愈高，就表示這個項目的過敏原指數愈高。我竟然所有檢測項目的得分都是「0.000」，相較於一般人的情況多少會呈現程度不一的微量數值，這份報告的結果顯示我沒有對任何東西過敏。也就是說，所有可能導致過敏的因子對我都沒有影響。（想不到我的身體這麼好！）

我一方面雀躍不已，想說懷孕指日可待，但另一方面也質疑：如果這麼好的身體都沒能懷孕，我還能再怎麼努力呢？

順其自然
到人工受孕

就這樣順其自然備孕了 2 年多的時間，在 40 歲生日前夕的某一個夜裡，我突然覺得「4」這個數字變得好大好大，大到讓我害怕。我驚覺這樣好像行不通，如果再繼續下去，我一定不會懷孕了。

一股憂心的衝動驅使我決定求助醫師，所以掛了不孕症門診。

首次看診，醫師劈頭第一句話就問：「妳怕痛嗎？會怕打針嗎？」誰不怕痛！？我也超怕打針！之前做健康檢查時還曾經發生過，我在打針的當下哭得呼天搶地（而且當時打的還是最細的蝴蝶針），讓陪同的表妹丟臉到想要挖個地洞躲起來。

但我想生孩子，所以這次一定要鼓起勇氣。

我問醫師：「你覺得我應該做什麼？」

醫師說：「如果妳那麼怕痛的話，不然先吃排卵藥做人工受孕吧！」

我馬上點頭同意了。連相關講座都沒聽，也沒有做任何諮詢，一心只想著盡快進行。我不要再拖延任何時間了。

一開始，我吃了 1 個療程的排卵藥，排了 4 顆卵。當時我還覺得自己的身體滿了不起的，因為一般女生在生理期時只能排 1 顆到 2 顆卵，而我是雙倍。

排卵後再和醫師約時間，把已經取出的精子注入我的子宮，等待 2 個星期後再回來抽血開獎即可。結果如大家所知道的，第一次並未中獎。

那我還要繼續第二次、第三次嗎？雖然我媽一直叫我
順其自然，但這樣看來不但順其自然沒有辦法懷孕，
似乎連做人工受孕也行不通了。我能一次排 4 顆卵都
還不成功，這樣下去真的不是辦法。

好吧！既然如此，我決定直接做試管嬰兒，而且為了
排卵效果更好，我要打排卵針。怕打針又怕痛的我，
這次要請醫師把我的卵子取出來，在實驗室受精，等
到發育成胚胎之後再植入子宮。

所以我打了排卵針、破卵針，也服用了一些藥物，並
且在全身麻醉的情況下進行取卵手術。這次我總共取
了 13 顆卵，其中有 9 顆成熟，7 顆受精成功後培養到
第五天剩下 3 個胚胎。

我與斗哥商量後，決定把這 3 個胚胎全部植入子宮，
希望增加懷孕的成功率。

始料未及
劇情大逆轉

開獎的那一天，正好是我與斗哥登記結婚一週年的日子。我本來心裡還想著：今天是 Big Day！登記結婚紀念日與試管嬰兒成功紀念日同一天，真是完美。

我還記得當時自己很有信心，覺得一定會有好消息，尤其我的身體狀況很好，甚至還一口氣植入了 3 個胚胎。天時、地利與人和都處於極佳狀態，沒有道理不成功啊！

結果，失敗了！

我甚至難過到還跟子銓說：「人愈長大愈會發現，很多事就算努力也不會成功，即使付出也不會有收穫。」

沒想到像我這樣充滿正能量的人，這時候卻變得非常憂鬱。特別是到了晚上，悲傷的感覺會如海浪般湧來，幾乎要把我整個人給淹沒。

那時斗哥有舞台劇要忙，我為了不打擾他的睡眠，還會偷偷到客廳哭，然後下載一些手機遊戲，幫助自己轉移注意力。一直玩到眼睛痠了、累了，意識朦朧也就能睡著了。

悲傷的同時，我也充滿感激。很慶幸當時我有拍影片和大家分享心情，後來也陸續收到很多粉絲的鼓勵與支持，給了我很大的力量。雖然我很失望，但並沒有因此而絕望。誠如 2020 年 1 月 2 日這天我在 YT 和粉絲的宣告：「在這條路上，我還沒有放棄，我會繼續努力。」

我去做試管寶寶了
成功？失敗？

這次的挫敗，也把我推向問題核心。第一次人工受孕失敗、第一次試管失敗，我已經覺得世界要崩塌了，沒想到這居然只是起點，接下來等著我的是絕望的深淵！一路跌落谷底，甚至掉進黑洞般的痛苦艱辛折磨，都是我一開始完全想像不到的。

Chapter 5

小於

0.1 的夢魘

第一次做試管嬰兒的失敗經驗，
與其說是失望，
更重要的是深刻體悟懷孕的「不容易」
好像得要義無反顧才有可能成功。
我在人工受孕不成後馬上接著做試管嬰兒，
沒想到結果還是令人灰心。
因此決定換個醫院再試一次。
後來送子鳥生殖中心的賴興華院長
看了抽血檢測結果後，
懷疑免疫系統可能是影響我不孕的關鍵事
進而直指問題核心，開始各種治療。
只是過程讓我嚐盡苦頭，
身心都無比煎熬。

做好萬全準備
再植入胚胎

第一次做試管嬰兒失敗的心路歷程影片公開後，我收到許多迴響，不少朋友紛紛與我分享他們的經驗與心得。因為這樣的契機，後來我在朋友的介紹下，來到送子鳥生殖中心。

院長賴興華醫師在看過我之前的各項檢測數據後，也認為我的婦科生理機能近乎完美，加上斗哥的身體狀況也十分健康，於是他很放心笑著對我說：「妳的婦科機能正常，AMH 指數（卵巢裡的卵子存量，註1）也符合標準，而且月經週期準時，懷孕應該很容易，也許再等待些時日就能懷孕了。」

但為了更周延確認我的健康情形，並且方便記錄更完

整生理數據做建檔，賴醫師當下也為我再安排了抽血檢測。一週後檢測結果出爐，報告裡一項名為「抗磷脂抗體指數」的數值（註2），讓賴醫師提高警覺。

原來抗磷脂抗體會與血液中的磷脂質反應，形成血栓後阻塞血管，而且抗磷脂抗體可能與反覆流產有關。雖然我檢測報告裡的「抗磷脂抗體指數」尚不至於是表示異常的紅字，卻也是岌岌可危在臨界值邊緣的灰色字，顯示我上次做試管嬰兒失敗很可能與身體的免疫系統有關。

由於這次的檢測時間距離上次做試管嬰兒失敗只相隔短短2個月，賴醫師推判我身體的免疫機制已經被啟動，而且目前還處於「戰後」不久的狀態。此時免疫大軍仍戒備森嚴，隨時準備好要抵禦外來的入侵。因此他認為，如果在這樣的情況下植入胚胎，很可能又會誘發我身體的免疫系統反應，發生抗磷脂抗體指數飆升的情形。

賴醫師決定接下來在為我植入胚胎前，藉由注射肝素與口服阿斯匹靈等抗凝血藥劑、口服類固醇藥物等相關預防對策，讓我的身體不會因為免疫問題這麼快就形成血栓，以爭取更多時間讓胚胎在植入子宮後能順利成功著床。

註 1：AMH 是抗穆勒氏管荷爾蒙（Anti-Müllerian Hormone）的英文縮寫，是醫學臨床上用來預測卵巢中卵泡的庫存量（Ovarian reserve），評估卵巢功能的指標。

註 2：抗磷脂症候群（APS）是免疫造成的血栓相關疾病，可同時影響任何組織或器官的動靜脈循環。抗磷脂症候群是所有免疫疾病中與懷孕最相關的免疫問題之一。

讓人餘悸猶存的
肝素大魔王

就這樣，我一邊服用黃體素、雌激素等荷爾蒙藥物
（包括擦大腿的凝膠、塞劑），一邊進行著前述的注
射肝素與阿斯匹靈等抗凝血藥劑，以及口服類固醇藥
物等平均一天吞 25 顆藥的植入療程。我覺得自己萬事
都準備好了，終於將胚胎植入子宮。接著又過了 2 週
來到「開獎」的日子，揭曉這次植入的胚胎有沒有成
功著床。

結果還是讓人失望。通常孕婦的懷孕指數 hCG（註3）
會超過 500 以上，但我的懷孕指數竟然小於 0.1 ！再
次檢測我的抗磷脂抗體指數，仍是超出正常值的 3 倍
之高。

這些數據已經說明一切，我的胚胎沒有著床。或者再說得更明白，就是我的胚胎根本還來不及著床，就已經被身體的免疫系統給幹掉了。

當下我真的很無言，因為預防對策也做了，像施打肝素這樣難以忍受的痛楚我也挺過去了，結果怎麼還會出現這樣的數值？

說到肝素這個「大魔王」，至今我仍對第一次施打的過程記憶猶新。當時護士把我帶進小房間親自指導如何施打，但她開口的第一句話就先告訴我：「這根針不好打，妳要有心理準備。」說完才接著指導我要沿著肚臍周圍的「微笑線」施打。

我發誓，肝素絕對是我有生以來打過最痛的針！而且這根針也受到賴醫師的認證，是少數叫人不敢領教的一根針。

因為針頭又粗又鈍，注射的腹部脂肪也較多，著實得

耗上好一番功夫才能把針扎進去。緊接著因為藥劑刺激，進入體內蔓延開來那種摻雜著痠疼與刺激的痛楚，讓我痛到瞬間飆淚。

後來一直到懷上典典寶寶的這段期間，為了穩定我的免疫，肝素就這樣每天施打一次。孕期第八週時因為寶寶長慢了，為了確保連接母體與嬰兒之間的胎盤血管暢通，能讓氧氣與養分順利輸送，我的肝素施打劑量也增加了。

我在懷典典寶寶的過程中，總共就已經施打了 286 劑肝素，而且還是持續打到生產前 3 天。為了紀念這麼勇敢的自己，我在拍攝孕婦寫真時還特地與針筒合影留念。想不到後來我將照片公開分享後，才發現原來有很多跟我一樣都經歷過肝素大魔王的媽媽。雖然肝素是大魔王，但我看著成堆的針筒還滿有成就感的，因為這裡的每一針都代表了我對寶寶的愛，隨著日子一天又一天的經過、一針接著一針的打在身上，我對寶寶的愛也愈來愈多、愈來愈堅定。

我是百毒不侵的
金鋼狼

人體的免疫系統很複雜，包括白血球、B 細胞、T 細胞、自然殺手細胞、抗磷脂抗體、D-dimer、腫瘤壞死因子……等（還有很多沒提到）。很多人對「免疫」都很陌生，也許在這裡我可以用自己的方式來詮釋，幫助讀者更理解這些醫學名詞。

如果把身體看做是 1 個王國，那麼免疫系統就相當是 1 支軍隊，肩負起保家衛國的重責大任，隨時準備好要抵禦所有的外來入侵者，比如說病毒。而軍隊裡有不同的部門，在我看來白血球就像是一群拿著兵器的士兵，要去攻打所謂的病毒或外來者。然而我的身體不是這群拿著兵器的士兵出問題，而是負責「補土」的工兵。一旦這些工兵發現我的身體受傷流血，就會

通力合作「補土」，用最快的速度讓血液凝固，好讓身體在最短的時間內自行痊癒，就像《X戰警》（X-Man）電影裡的金鋼狼。由於我沒有自體免疫疾病，平時身體的免疫系統並不會敵我不分的胡亂攻打，但是畢竟胚胎有50%來自外人（父親）、50%來自我（母親），因此免疫系統會偵測到胚胎不是100%的「自己人」，所以當胚胎植入我的子宮時，身體的免疫機制就會被啟動了。

難道，金鋼狼生寶寶不好嗎？這就是問題的癥結了。當胚胎在子宮內要進行著床時，就像是大樹要扎根長進土壤裡，這時母體會藉由一些細小的血管來提供養分供給胚胎所需。但對我的免疫系統（這群工兵）而言，胚胎有一半來自外人（爸爸），不全然都來自母體，它們可不容許我把血液輸送出去給外人啊！於是開始努力的「補土」加速血液凝固，就這樣形成了「血栓」，最後導致攜帶氧氣與養分的血液無法順利通過血管供給寶寶，所以寶寶也就沒辦法存活了。

而且免疫系統是變動的，就算眼前的問題成功控制住了，也不能保證未來一帆風順，因為可能還會發生不同的問題。我曾經聽過賴醫師分享的案例，有些媽媽在懷大寶時完全沒有任何問題，但二寶卻一直懷不上並且反覆流產，最後也是檢查後才發現是免疫的問題。因此，今天沒有免疫的問題，不代表以後就沒有免疫的問題，所以在治療的過程中才會讓我感覺如履薄冰，心裡不安的感覺特別強烈。

舉例我自己的情況來說，我在懷典典寶寶前，是抗磷脂抗體過高，但在懷典典寶寶後，卻是腫瘤壞死因子在作祟。如果你問我做了什麼，而讓抗磷脂抗體指數降低？老實說我也不知道，因為我也只是每天認真待孕罷了！

我像是眼前綁著紅蘿蔔的驢子，只能悶著頭前進

很多粉絲在知道我是免疫媽媽後，都很關心我的情況，希望我可以提供自己的抽血數據給她們做參考，同時她們也非常願意提供自己的抽血數據給我參考。但是畢竟每個人的狀況都不同，再說我不是醫師、不具備相關專業，所以無法替大家解決問題。

所以當我知道自己的免疫系統有問題卻找不到原因時，那種感覺真的很恐怖，彷彿是要我去面對身體內一位隱形的敵人，而且這個敵人不只會變形、變動，還會讓我失去寶寶，根本不知道要如何控制它。認真想想，還真的很弔詭、荒謬，但我無法有太多情緒，能做的就是找到問題，然後解決它。說穿了，我就像是眼前綁著 1 根紅蘿蔔的驢子，只能悶著頭前進，其

他事都別多想，也不能想、不敢想，更不應該想。因為我知道，一旦開始想了，就會一直想下去，這麼一來可能就無法繼續往前、可能就沒有勇氣再繼續進行下去，也有可能會開始心生猶豫。所以我告訴自己什麼都不能想，就把自己當做是一頭眼前只有紅蘿蔔的驢子，儘管抱定決心一股腦的往前走。

每當夜深人靜時想起，都會忍不住苦笑。我是個很少生病的人，即使每天熬夜、拍戲，就算同時軋兩部戲、出唱片與主持節目，身體也都沒有大礙。現在回想，可能就是我的免疫系統「太好」，全力支撐著我的日常無後顧之憂，讓我可以面對高壓且充滿挑戰的生活。但也因為免疫系統「太好」，而讓我懷不了孕，真得很荒謬。那麼大家會問，又是什麼原因造成我的免疫問題呢？其實我真的不知道，也許是環境汙染、環境荷爾蒙或壓力因素都有可能吧？

當然，可能也有人想問，我又怎麼知道自己是免疫問題而造成不孕的呢？我的回答是，因為我的婦科機能

都非常正常，而且卵子也很多，因此要找到 1 顆染色體正常而且健康的卵子並不困難，再加上斗哥的精子很健康，內分泌檢查也都沒問題，所有該做的檢查我們也都做了，唯一的問題就出在我的免疫。

開始免疫媽媽的
長期抗戰

面對這樣的結果，賴醫師認為我的免疫問題已經不是施打肝素與服用阿斯匹靈可以解決。於是他開了轉診單，要我去看風濕免疫科的杜醫師，針對「免疫」問題尋求專科醫師診療。離開前，賴醫師還特別叮嚀我：「杜醫師的門診病患多，妳不要遲到了。」

我記住了賴醫師的叮嚀，就醫當天2點開始的午診，我提前在1點20分就抵達診間門口等候，沒想到現場已經像菜市場一樣擠滿人。

5分鐘後護士走出診間大喊：「有人要拿加號單嗎？」一瞬間所有人蜂擁向前，我數了數，竟然有20多個人！原來和我有相同問題的人還不少。

杜醫師看過我的病歷後，語重心長的對我說：「治療免疫不像治感冒，妳要做好長期抗戰的心理準備。」這句話提醒我要有耐心面對接下來的治療。

畢竟在這之前的施打肝素與口服阿斯匹靈等作為，都只是「治標」，而非「治本」，目的是為了要避免血液凝固。然而真正的免疫療程，現在才要正式開始呢！於是我遵守杜醫師的醫囑，連續 3 個月服用「奎寧」（quinine）這個在免疫療程裡會使用到的最基礎的口服藥物。

一轉眼 3 個月又過去了，我的抗磷脂抗體指數依舊居高不下，數值仍然維持在 2 倍到 3 倍高的狀態。

杜醫師仔細看過數據後，長長的嘆了一口氣對我說：「我們可能要開始施打生物製劑了。」她說的「生物製劑」也是一種治療免疫的藥物，部分癌症病患的標靶療程也會施打。

朋友在聽說我要施打生物製劑後都驚訝不已，紛紛表示：「不就是做試管嬰兒嗎？怎麼會搞到要使用癌症標靶治療藥物呢？」然而對我而言，當下能做的就是相信醫師的專業並配合。

因此，每隔 3 週我就必須前往醫院報到後住院，前後總共施打 2 種不同的生物製劑。每一種生物製劑都是療程再「晉級」的概念，也就是說我的免疫療程持續在加成、疊加用藥和劑量。

口服奎寧的療程進行了 3 個月之久（我一直吃到典典寶寶出生），生物製劑的療程也持續進行了 3 個月，不知不覺，半年就這樣過去了。

天時、
地利與人和

我在接受免疫治療這半年的期間，也同時進行做試管
嬰兒，依然配合醫師的專業評估，確定身體狀況良好
時持續取卵。

考量自己已經 40 歲，為了確保胚胎健康無虞，因此
如果胚胎的條件符合，我都會送到台灣艾捷隆再做過
PGT-A 胚胎著床前染色體篩檢（註4）。加上初期還做
過 EndomeTRIO 子宮內膜三合一檢測（註5），已經確
認未來胚胎著床的子宮環境，以及最合適的著床期與
最佳植入時間。

如此全方位的萬全準備，無非是要揪出原因、解決問
題，進而在天時、地利與人和等各方面條件齊備之

後，再將胚胎植入子宮，希望能提高胚胎著床的成功率，讓我如願以償順利懷孕。

就這樣，我又歷經長達半年之久的打針與吃藥的免疫療程，抗磷脂抗體指數總算降低，杜醫師判斷情況已經獲得控制，如果再配合施打免疫球蛋白，應該可以植入胚胎了。

於是，接下來我又開始施打免疫球蛋白。免疫球蛋白是根據個人體重來決定施打劑量，以我當時的體重60公斤做換算，一般正常來說應該是施打 8 瓶劑量（每瓶 50 毫升）足夠，但是醫師考量我的抗磷脂抗體指數不易下降，於是將我的劑量提高 1 倍，每次總共要施打 16 瓶劑量。

基於人體的藥劑單次負荷量考量，16 瓶劑量的免疫球蛋白，我得分 2 天打完。施打免疫球蛋白前，必須先注射葡萄糖水，接著在點滴裡加進抗組織胺（這時候會感覺昏昏欲睡），再繼續施打 8 瓶劑量的免疫球蛋

白，最後再注射 1 瓶生理食鹽水後結束。然後第二天再重複相同流程。

在住院施打免疫球蛋白的過程中，醫療人員還要同時監控我的各項生理數據，包括血氧、心電圖、體溫，還有血壓。很難想像當時的自己，一次同時要注射這麼多藥物的劑量，同時心裡又擔憂著治療的結果，複雜的情緒難以描述。

註 4：PGT-A 胚胎著床前染色體篩檢，是胚胎著床前的基因篩檢。在進行胚胎植入療程前，先切片採取少量胚胎細胞檢測其染色體套數是否異常，等待確定檢測結果正常後再將胚胎植入子宮，降低胎兒染色體異常造成的早期流產率。

註 5：EndomeTRIO 子宮內膜三合一檢測，此檢測包含：EMMA 子宮內膜菌叢檢測、ALICE 感染性慢性子宮內膜炎檢測、ERA 子宮內膜容受性檢測。而其中 ERA 子宮內膜容受性檢測（Endometrial Receptivity Analysis），是指子宮內膜在每次月經週期會有一段特殊的「著床窗期」，當它打開時，內膜才有接受胚胎著床的能力。檢測 ERA 的目的是為了找出個人最佳著床窗期，進而精準植入胚胎，以提升試管嬰兒的成功率。

恭喜我 懷孕了！

接下來要進入植入療程了！持續每 3 星期 1 次住院施打 2 種生物製劑，加上每 3 星期打 16 瓶免疫球蛋白，加上每天口服奎寧，加上每天肚子打 1 針痛爆的肝素，加上阿斯匹靈、類固醇，當然還有做試管嬰兒本來就會吃到到荷爾蒙藥物，每天我平均要吞下 25 顆藥，還有塗抹的藥、還有塞劑。在一切的「萬全準備」之下胚胎終於植入子宮了。一般人是植入 2 週後驗孕開獎，因為我的用藥量太多，所以賴醫師認為植入 1 週後就可以驗孕。

如果第一週驗孕結果的 hCG 值有達到 25 以上，就表示藥物服用確實有發揮作用。這麼一來，隔週再驗的 hCG 值也才有機會翻轉 20 倍，達到 500 以上的標準

值。相對的，如果第一週驗孕結果的 hCG 值連 25 這個數值都無法達標，就表示我的免疫機制可能沒有什麼改善空間，也不必再多吃第二週的藥了。

1 週後，我懷著忐忑不安的心情前往驗孕，等待著被宣判胚胎植入後的結果。當我瞥見報告上的 hCG 值清楚記載著「65」這個數值時，當場激動得又哭又笑。

這些日子以來數不盡的打針、吃藥、住院、看診，就像無窮無盡的迴圈反覆進行。我彷彿 1 個人在看不見光的隧道裡拚命向前奔跑，儘管大家告訴我出口已經不遠了，然而看不見前方光點的我除了相信，卻永遠不知道究竟還要跑多久，甚至偶爾還會懷疑自己跑得出隧道嗎？直到這一刻結果揭曉，內心的焦慮才煙消雲散，我的胚胎終於在子宮裡成功著床了。

我終於懷孕了！
第三次試管成功了

再過 1 週來到正式開獎日，我的 hCG 值已經升高到
1300（高於 500 的 2 倍以上），賴醫師正式宣告我懷
孕的好消息。

時間來到第七週產檢，這是我第一次聽到寶寶的心跳
聲，那一刻感覺好幸福，這個心跳的聲音美妙極了！
隨著機器裡傳來「咻咻！咻咻！咻咻！」猶如蒸氣火
車般強而有力的心跳聲，我是如此真實感覺到寶寶的
存在，我終於初嚐孕媽咪的甜蜜幸福滋味，眼淚不自
覺也跟著悄悄滑落了。

懷孕 3 個月後各方面的情況更穩定，我的免疫各項數
值也控制得不錯。感覺我的身體慢慢「接受」懷孕
的事實，所以賴醫師和杜醫師也決定逐漸減輕我的用
藥量，可以經由生理機制發揮作用來分泌荷爾蒙等物
質，讓子宮的環境更適合孕育胚胎成長。

在寶寶 14 週的時候，我從生殖中心畢業，前往婦產科
報到，領到了企盼許久的媽媽手冊。

Chapter 6

挺過 16 週
胎停

這半年多來的試管嬰兒療程與免疫治療，
我終日披碌奔波在產檢、生殖醫學中心、
免疫科等多間醫療院所。

「我不是在醫院，就是正在去醫院的路上。」
即使我樂觀面對這一切，
卻也常常筋疲力竭
內心茫茫然的「不知所做為何」。
直到確定植入子宮的胚胎成功著床，
沉重心情才逐漸開朗。

原本正開心終於否極泰來，
卻沒想到又發生16週胎停的遺憾。

被迫停止的
寶寶性別 party

時間來到懷孕第十六週那天中午（我正式宣布懷孕消息後第三天），我跟著斗哥與經紀人修毅前往某餐廳試菜、查看現場動線，並且確定活動背板的擺放位置等細節，為週末即將舉辦的寶寶性別 party 再做確認。

隨後，我們照既定行程前往醫院做產檢。我滿心期待今天寶寶的姿勢能揭曉他的性別，讓我們可以錄影、拍照，當做寶寶性別 party 上的性別證明。

「寶寶的姿勢怪怪的。」產檢時，醫師的話才剛說出口，瞬間就凍結我稍早對性別 party 的美好想像。有什麼問題嗎？醫師的話是什麼意思呢？當時我與斗哥還來不及意會，以為只是寶寶的姿勢不對，所以醫師找

不到辨識性別的角度。

然而，眼前醫師的表情卻愈來愈凝重，就像逐漸黯淡的燈泡，讓我的心也跟著揪結。「沒關係，我先測量寶寶的一些數據。」語畢，醫師立刻仔細測量寶寶的頭圍、脛骨、重量、股圍、高度等生理體徵做紀錄。

最後，醫師把游標停在螢幕上寶寶的心臟位置，隨後轉過頭來對我們說：「寶寶的各項生理體徵數據都符合週數，頭圍的數值也剛剛好符合 16 週的大小。」他深呼吸稍做停頓，接著繼續把話說完：「但是……心跳好像聽不到了。」

醫師進一步解釋：「寶寶身體的彎曲幅度不太正常。很遺憾，胎停了。」他的聲音語調裡充滿掙扎，彷彿努力試圖找出能將傷害降至最低的說辭，無奈最後也只能將零散的文字拼湊出這句話。

「怎麼可能胎停？螢幕上寶寶的脊椎那麼漂亮……」

我像當機似的不斷喃喃自語。醫師說「寶寶的頭圍剛剛好符合 16 週的大小⋯⋯」不就表示剛剛胎停，或是這 2 天才剛胎停？（因為一旦胎停，寶寶也就停止生長了。）

「為什麼會這樣？」這個疑問句開始不聽使喚的在我的腦海中上竄下跳著。我忍不住回想，這幾天去了哪裡？做了什麼？吃了什麼？難道我做錯什麼了嗎？無數的疑惑、假設與自我質疑，排山倒海而來盤踞了我所有思維。

斗哥說：
「我們不要再生了……」

隨後醫師走出診間，他要我與斗哥稍做休息，等待我整理好衣著與儀容後再討論。

誰知道醫師的前腳剛離開，斗哥壓抑不住內心的悲傷哭了出來，他的另一隻手還緊緊抓著相機準備好要記錄今天的產檢，想拍下揭曉寶寶性別的歷史性重要時刻，然後做成 Vlog 在寶寶性別 party 上與大家分享。他抱著我痛哭，哽咽的聲音裡清楚的說著：「不要再生了，我們不要再生了……」

真的是這樣嗎？明明 2 個小時前，我還跟著大家討論寶寶的性別 party，前往產檢的途中也有好多人上前關心我，親切的與我道賀恭喜。所有人都興高采烈期待

著這個小生命的到來，怎麼就在我向大家宣布懷孕 3 天後變調，翻轉成無底的悲傷黑洞呢？

直到這一刻，我才終於意識到自己真的失去寶寶了。我抱著斗哥放聲大哭。同時心裡也突然響起 1 個聲音告訴自己：「不應該是這樣的，我必須找賴醫師再問清楚。」

賴醫師聽到消息後也是整個大傻眼，他要我立刻回送子鳥生殖中心再做 1 次超音波檢查。無奈再次檢查的結果依舊，賴醫師同樣也是滿臉困惑的表示不知道為什麼會這樣。

於是我又跑去找杜醫師。她在得知我的寶寶沒有心跳後沒有特別安慰我，反而很冷靜的對我說：「可能是我們太早停藥了。」停頓一會，才又若有所思對我說：「下一次做試管嬰兒，妳要有心理準備，那些免疫相關的藥物一直要打到生、吃到生。」

找不到
屬於自己的哭聲

我以為寶寶胎停的那一刻是最悲傷的時候，直到經歷之後的引產手術，我才發現還有更煎熬的過程要面對。我怎麼也沒想到，自己被推進產房的目的是為了生下已經失去生命、不再屬於我的寶寶。這不單單是心靈上的打擊，對身體更是重大的折磨。

因為我不像即將臨盆的產婦可以正常生產，為了刺激子宮收縮，讓子宮頸變得柔軟可以順利娩出胎兒，所以必須注射前列腺素。但前列腺素會促進發炎，所以注射後會伴隨高燒的副作用。

引產形同生產，過程也會陣痛，為了減輕疼痛，所以我希望用無痛分娩的方式來進行。不過當時腹中的寶

寶只有 16 週大，醫師評估用藥效果不理想（藥效無法在最痛的部位發揮作用），於是建議施打嗎啡來為我減輕疼痛。

注射嗎啡後，我還是感覺得到陣痛，接著整個人飄飄然的處於難以言喻的詭譎情境之中，同時還伴隨著持續高燒與畏寒，即使蓋著從家裡帶來的厚毛毯，還是不由自主的全身發抖，也因為清楚覺察到內心悲傷而淚流不止。

引產總共歷時 12 個小時之久（對於首次生產的我而言，護士表示這樣的速度算快了），我總算把肚子裡不再長大的寶寶給生出來了。不過還沒結束呢！醫師接著又對我說：「加油！妳還要再把胎盤娩出。」我根本沒有任何力氣了！只是幾近虛脫的發出啊啊聲響的低鳴，在護士用力按壓肚子的幫助下，狼狽的劃上句點。

手術結束後，我被送進恢復室休息。短短不到 1 個小時，產房裡傳來的其他嬰兒啼哭聲讓我的情緒一次又一次徹底崩潰。

我試圖轉念，靜靜的聆聽這些嬰兒的啼哭聲，想像每位寶寶的可愛模樣。漸漸的，我好像還能分辨出這些哭聲的不同意義，這是我第一次發現，原來每個孩子的哭聲都不一樣呢！

但隨後我的心又開始揪結，不由自主的眼淚直流。因為在這麼多的哭聲裡，我找不到自己孩子的哭聲。

千錯萬錯
都怪我

同樣的劇情換了場景，來到月子中心後又再次上演。

月子中心這個原本應該是屬於產後媽媽的天堂，沒想到反而成為我另一次地獄般的煎熬。引產的意義與生產相同，都是胎兒離開母體子宮的過程，因此需要坐月子調養身體以恢復元氣。我明白自己要好好休息，所以選擇入住全月子中心休養。

但是那裡大都是幸福洋溢的新手爸媽，還會時常傳來嬰兒宏亮的啼哭聲，這一切對我來說都好煎熬。特別是當工作人員進入房間打掃或送餐前的禮貌招呼：「媽媽，不好意思，我要進來囉！」簡短幾個字就像尖針似的硬生生扎進我的心裡。我知道他們絕非有

意勾起我內心的痛，但是每當我聽見他們親切的喊出「媽媽」這 2 個字時，總是會忍不住感傷。

有人說這是物競天擇，安慰我放寬心。但是我不認同這樣的說法，這才不是什麼物競天擇或汰劣留良呢！我的胚胎都是千挑萬選出來最好的胚胎，也經過 PGT-A 染色體異常檢查確認沒問題，怎麼會是物競天擇呢？這樣的說法好像一股腦的推卸責任，將失敗的原因全都歸咎給寶寶，怪他自己太虛弱才會無法生存，事實並非如此啊！

還有人質疑，會不會是我太早公布懷孕的喜訊而犯了忌諱呢？相信大家應該都聽過懷孕必須滿 3 個月才能公開消息的說法，據說這樣對寶寶較好，孕程也會比較平安順利。我明白「3 個月」的道理，確實懷孕初期有很多變數，必須等到滿 12 週過後情況才會相對穩定。所以我也是等到滿 14 週才對外公開懷孕的好消息，難道還不夠謹慎嗎？

能做的我都做了，情況也已經漸入佳境愈來愈穩定，怎麼突然就胎停了呢？如果是寶寶的成長慢了，或許我還有努力的空間，但是突然之間沒了心跳，我連努力的機會也沒有。

「都是我的錯，是我殺死了自己的孩子！」那段期間我曾經有過這樣可怕的念頭，不斷的自責怪罪自己。說穿了，就是我身體的免疫系統在抵禦、阻止孩子的成長，雖然這不是我能控制的，但事實的真相就是我的身體扼殺了寶寶，這才是讓我最無能為力的原因。

感謝大家
陪我走過低潮

事情發展至此，我依然不想放棄。除了個性使然，最重要的是粉絲朋友的鼓勵與支持，大家在為我加油打氣的同時，也分享自己的切身經驗。

有位粉絲留言鼓勵我不要退縮，因為這一切都會過去。她告訴我，自己是生產前一天產檢時，才發現寶寶胎停了。讀到她留言這段文字的當下，我的心彷彿也跟著靜止在那一瞬間。

「這會瘋掉的吧？」我滿是心疼，這樣的打擊單單用想的就覺得可怕，她竟然還可以轉換成正能量來安慰我！我忍不住想：「當時的她是如何挺過那段煎熬的日子啊？」

還有粉絲非常感謝我願意公開分享自己的這段經歷，因為她是子宮頸癌患者，這輩子確定無法再懷孕了。她說非常羨慕我還有機會可以為了受孕而吃苦，不像她連吃苦的權利都沒有了，因此鼓勵我珍惜當下、好好把握時間，不要讓自己持續陷入懷憂喪志的低潮情緒裡。

在那段沉澱心情的日子裡，我和斗哥常常各自坐在沙發的一角，滑著手機看著社群上的留言與訊息頻頻拭淚。

一切仍歷歷在目、記憶依舊清晰，我會永遠收藏著大家對我的關懷與祝福，一輩子感恩銘記於心。直到現在我還會經常想起那段靜止的時空，有著斗哥幽微的啜泣聲，以及網路社群上給我們的支持力量。

痛苦，往往會在彼此安慰的眼神裡得到分擔；希望，也會因為分享，一次又一次變得更明確。回首來時路，我心疼的不只是自己，還有過去、現在與未來那些努力懷孕想生寶寶的女人，因為我們都曾經為了「懷孕」這

個相同的目標付出心力，不顧一切勇往直前。

縱使眼前有再多未知的考驗與變數，我們始終堅定信念、無怨無悔，因為相信目標就在眼前，寶寶也正排著隊等待與我們相見。面對希望，我們都很勇敢的迎向一切，不讓人生徒留遺憾。

Chapter 7

一連37週的
心驚膽戰

16週胎停是重大的打擊，

期間我每天都在眼淚與懊惱中醒來，

日子也過得渾渾噩噩。

然而我明白有些事終究要面對

但我從來沒有放棄努力，還是決定再試試。

於是聽從醫生建議休息3個月、

把身體調回先前的狀態後，

又回送3島生殖中心報到3。

雖然我之前取了不少卵，也完成受精，儲存不少胚胎備用，

但最後取10幾個胚胎做染色體異常檢測，

結果只有2個胚胎正常，

並且已在前兩次試管植入療程中用盡。

因為要做第4次試管嬰兒，

得退回最初階段的取卵療程從頭努力。

我就不相信
沒辦法成功

很多人聽到一切得從頭來過，都勸我放棄，包括媽媽、婆婆、斗哥，還有身旁許多好友，大家都勸我到此為止，別再繼續受苦。

是啊！細數這些琳瑯滿目的針針藥藥，又是口服、又是注射、又是塞劑、又是塗塗抹抹的，單單是聽我描述就覺得可怕，更別說是親身經歷了。但是沒有任何人、任何事，可以阻止我繼續努力的決心！

雖然做試管嬰兒的過程很辛苦，努力的結果也讓人傷心，但是這些日子以來的治療也逐漸解決我的問題，至少努力的方向正確，只是目前尚未成功。

針對我的身體免疫治療，杜醫師決定改變「戰略」從調整藥物著手，直接減少 1 種用藥，但是必須持續打到我生產為止。這麼做的理由並非我身體的免疫機制已經好轉，而是他認為我上次懷孕 16 週胎停很可能是因為太早停藥（我從確定懷孕後就逐漸減少免疫用藥，孕期第十二週時已經完全停藥），所以才會導致懷孕失敗。

乍聽之下，「持續打到我生產為止」很讓人卻步，大家也擔心我的身體能否承受得住。上次懷孕連續打針到第三個月才停藥已經夠折騰了，沒想到這回竟然要長達 10 個月之久，整個懷孕期間都在挨針。但對我而言，100 針和 1000 針已經沒有差別了，雖然打針很痛、吃藥很苦，卻遠遠不及失去的痛來得讓我揪心，為了圓夢生子，就算要我打 10000 針也心甘情願。

於是，我又開始無止境的打針與吃藥生活，身體也常常出現不舒服的症狀。有一次不知道是否因為身體負荷不了大量點滴注射，竟然出現輕微發燒的現象（攝

氏37.5度），心跳也飆高到每分鐘125次（正常成人在休息狀態下，心跳速率大約每分鐘60次至100次），全身汗流浹背，讓醫護人員都嚇了一大跳，好險只是虛驚一場。

寶寶
長慢了

因為前 2 次失敗經驗，所以這次大家更謹慎，就連送子鳥生殖中心也決定讓我「延畢」！一般胚胎植入子宮懷孕滿 3 個月後，孕婦就會正式從生殖中心「畢業」，再由婦產科醫師接手產檢直到生產。這次送子鳥生殖中心改變做法，密集監測我每週孕程生理變化直到生產，以確保萬無一失。

好不容易通過第一關！胚胎在植入後第二週順利著床，確定成功懷孕。接著隔週（孕期第七週）聽到寶寶的心跳，順利再通過第二關。沒想到第八週的產檢又出現狀況，再度讓我繃緊神經。

賴醫師根據產檢的結果，告訴我寶寶的生長情況不理

想。他表示，雖然寶寶的成長速度稍慢1週，但是數據仍在標準值範圍之內，理論上不必太擔心。然而考量我身體的免疫問題，因此建議再請杜醫師做診斷，畢竟孕期第八週的胎兒還太小，目前超音波檢測無法看清楚太多細節，無從判斷胎兒成長不如預期的原因。

杜醫師診斷後，也擔心寶寶「長慢了」的原因，會不會是因為細小血管阻塞，而影響了母體供給胎兒養分不足所導致。為了防患未然，避免重蹈覆轍之前的遺憾，只能建議我先從免疫療程著手，嘗試解決寶寶「長慢了」的問題。

於是，杜醫師將我的免疫球蛋白施打劑量再增加2倍，從原本的每3週施打1次，縮短為每2週施打1次，每次施打同樣是連續2天內打完16瓶劑量。就連我最害怕的肝素，也從每天1針增加為每天2針，並且口服類固醇的藥也變成了雙倍的劑量。但是因為治療免疫很周折，加上我的用藥又要調整，所以我每次打完藥都要去抽血，確認生理數據有無改善，同時也

要去做超音波檢測，以確定寶寶的狀況是否正常。

在密集「扎針」的日子裡，我的身體與手臂布滿針孔與「烏青」，也常常發生找不到血管扎針的窘境。每次抽血量動輒 5 管至 6 管之多，就連斗哥看了也忍不住問我：「這樣真的不會貧血嗎？」

終於捱過上次懷孕敗北的孕期第十六週，我又成功通過一道關卡！正當我鬆一口氣，杜醫師也思考如何為我調整用藥時，眼前又出現新的關卡：羊膜穿刺！

決定不做
羊膜穿刺

高齡產婦在孕期第十六週至第二十週時，應該接受羊膜穿刺檢查，以確定胎兒是否罹患唐氏症（註1）等染色體異常的遺傳疾病。

雖然羊膜穿刺檢查大約有千分之 1 至千分之 3 的機率會導致流產，但畢竟只是抽取少量羊水做檢測，所以理論上不會影響胎兒。我猶豫最主要是因為羊膜穿刺是侵入性的檢查，可能會有破水或感染的風險。尤其對我這樣的免疫媽媽，已經藉由長期服藥來抑制身體的免疫反應，萬一發生破水或感染，情況又會比一般孕婦危急，所以必須更審慎評估。

因為我的身體情況特殊，醫療團隊才會對「是否做羊

膜穿刺檢查」出現贊成與反對的不同看法。這是免疫媽媽的無奈，由於概念並非當前主流，有時候反而更像是「信仰」，加上臨床個案尚不足以提供有力的佐證，因此醫界對於「免疫是否影響懷孕」的看法莫衷一是，讓「免疫媽媽」在面臨是否做羊膜穿刺檢查的抉擇時感覺無助。

最後，我與斗哥考量各項風險發生的機率決定不做羊膜穿刺檢查，選擇用其他輔助的基因檢測來確保寶寶的健康。

首先我在胚胎植入前，就已經做過 PGT-A 胚胎著床前染色體篩檢，也非常嚴謹做了 2000 種項目的 CGT 特定基因帶有者檢測（註1），理論上已經排除遺傳疾病潛在關鍵基因的風險。

此外，我在孕期第十三週、第十八週時也分別做過 NACE（NIPT）非侵入性產前染色體篩檢（註2），檢測結果顯示正常。至於孕期第十三週的超音波檢測結

果，也確定胎兒的鼻骨與頸部透明帶正常。而孕期第二十二週至二十四週的高層次超音波檢查，又再次確認寶寶健康。

上述檢測項目裡，我特別想分享 CGT 特定基因帶有者檢測。這是基於優生學考量的篩檢，是事前預防的概念。我建議在備孕階段就做，也許不必像我檢測多達 2000 種以上項目，但至少可以針對較常見的遺傳性聽損、囊狀纖維化、龐貝氏症與地中海貧血（註3）等遺傳疾病的潛在關鍵基因做篩檢，讓自己在孕育下一代前有更多保障。

註 1：CGT 特定基因帶有者檢測是萃取血液樣本的 DNA，對多個疾病基因進行檢測分析的過程，藉此判斷夫妻或個人是否帶有導致遺傳疾病的基因。

註 2：NACE（NIPT）非侵入性產前染色體篩檢是對懷孕 10 週的孕婦抽血，藉此檢測胎兒的染色體數目是否異常。

註 3：地中海貧血（Thalassemia）又稱海洋性貧血，是血色素中的血球蛋白鍊合成缺陷，所引起的遺傳疾病。在台灣，大約 6% 人口帶有地中海貧血基因。

子癲前症與
潛在猛爆型肝炎考驗

孕期中要一直監測的還有子癲前症（註6）。一般孕婦的子癲前症篩檢結果風險比值大約是 200 分之 1，我的風險比值是 7 分之 1，罹病風險較高，必須口服阿斯匹靈控制。平日除遵照醫囑按時用藥，我也相當注意飲食、用心控制體重，因此這次懷孕體重總共只胖 10 公斤。

終於進入孕期第二十七週，壓在心上的大石頭好像可以放下了！我還特地為寶寶舉辦性別 Party，邀請親朋好友同樂慶祝。因為台大醫院婦產科的施醫師曾經告訴我，目前台灣婦產科的醫術非常發達，針對 27 週以上的早產寶寶，雖然週數不足，但是因為保溫箱等醫療設備進步，加上醫師的醫術精湛，所以這些寶寶在

誕生後都可以順利成長。這無疑的像是讓我吃了定心丸，心裡也更踏實。

然而接下來的孕程，並沒有因為我的謹慎而順利過關。孕期第三十週時，某次施打免疫球蛋白前的抽血檢測結果（施打免疫球蛋白前必須抽血檢測，確認肝、腎指數都正常才可以施打），赫然發現我的肝指數GOT值（註7）狂飆至100，遠遠超過標準值40上下。醫師警覺異常，當下拒絕為我施打免疫球蛋白。

於是我又回婦產科門診求助。但進一步檢查後也只能排除婦產科的問題，無法確切找出肝指數突然飆高的原因。施醫師也提醒我，肝指數持續升高很可能會演變成更嚴重的猛爆型肝炎，會對我與寶寶的生命安全造成嚴重威脅。最後，施醫師針對最差情況做出結論與建議，如果我的肝指數持續升高的話，可能就要緊急剖腹生產了。

因此我又向免疫科杜醫師求助，但檢查結果與免疫問

題無關，只能再次抽血檢測確認狀況，並且持續觀察與監控。畢竟造成肝指數飆高的原因很多，各科醫師只能就自己的專業範疇，根據檢測結果做診斷。好險！1 週後肝指數終於下降，數值控制在 80 左右的範圍。杜醫師評估後確認沒問題，同意我施打免疫球蛋白，繼續免疫療程。

註 6：子癲前症（Pre-eclampsia）是妊娠高血壓的一種，可能威脅孕婦與胎兒的生命安全，好發於初次生產、懷多胞胎、有吸菸習慣、肥胖（身體質量指數 BMI 值大於 30）、擁有子癲前症相關家史、罹患慢性疾病，以及年齡小於 18 歲或大於 35 歲的孕婦。由於子癲前症可能同時威脅孕婦與胎兒的生命安全，大都發生在孕期第二十週以後。因此，臨床上會對懷孕 20 週以後的孕婦抽血進行子癲前症篩檢，根據結果的風險比值 sFlt-1/PlGF，來確認胎盤功能是否健全，並且判斷未來發生子癲前症或相關併發症的機率，以及是否需要進一步治療。

註 7：GOT 與 GPT 是肝臟製造最多的兩種酵素，由於在肝細胞內的濃度高，所以一旦肝細胞受損，就會流進血液裡，因此可以抽血檢測血液裡的 GOT 與 GPT 濃度，得知肝指數 GOT 與 GPT，藉此推判肝臟是否發炎。

立刻
送我去產房

看著肚子一天比一天大，我一方面很享受每天胎動的甜蜜（胎動的感覺真的很美好，特別是典典寶寶在夜晚又更為活躍），但同時心裡的負擔也愈來愈大，常常因為各種擔憂而睡不好。

更不用說還有身體上的變化，除了雙腳水腫，我的 10 根手指每一個指關節竟然 24 小時的持續腫脹、疼痛，甚至還嚴重到無法拿手機、握筆與握拳的程度。同時，我還有夜晚頻尿的問題，並且也不知道是因為荷爾蒙或藥物的關係，導致整個背上長滿了痘子。更特別的是，我的小腿後方竟然也和孕肚一樣，出現了「母子線」的痕跡。

一路走來我已經歷過許多大風大浪，並且在過程中盡力做好每一項檢查。相較於一般人每個月做 1 次產檢，基本上我是每週都在產檢，甚至還因為用藥調整的緣故，最高紀錄曾經在 1 週內照了 3 次超音波。如此密集監控，無非是害怕過程中漏掉了哪個重要的環節，所以必須確保萬無一失才行。

平安無事過了幾週，來到懷孕後期的第三十四週。某天洗澡時，我竟然出血了！「不會吧？這應該不是落紅吧？距離預產期還有幾週的時間啊！」我嘀咕著，不敢相信眼前宛如電影裡的劇情，兩道鮮紅色的小血河就這麼從大腿內側流下來，直接染紅我腳下所踩的浴巾。我按捺住內心的驚嚇直奔醫院產房，醫師即刻檢測胎心音。呼！好險檢測結果一切正常，寶寶的心跳頻率也平穩，這才鬆了一口氣回家。

心驚膽跳的日子才稍稍平復，同樣的情形 3 天後又再次上演。類似這樣突然出血的情況反覆發生，雖然醫師診斷後告知並無大礙，只是囑咐我多留心注意，但

我還是免不了擔憂，夜裡常常輾轉難眠。

懷孕 37 週以來，我始終無法安穩睡好覺，一有風吹草動就會驚醒。斗哥同樣也是嚴陣以待，只要我一有任何狀況，他立刻就是 3 個字：「去醫院！」

就在預定剖腹生產的前一晚，我竟然羊水破了。當時大約是傍晚 6 點，我躺在沙發上休息。突然，我感覺褲襠之間一陣溼熱，「難道又出血了嗎？」內心充滿疑惑的我，下意識的起身進入廁所一探究竟。接著下一秒出現在眼前的，是猶如蛋清似的透明液體，其中還摻著淡淡的粉紅色血絲。

此刻我恍然大悟，原來這就是落紅，果然與出血完全不同。我連忙大聲對著斗哥呼喊：「破水了！我要生了，我們趕快去醫院。」

Chapter 8

2800克的
甜蜜負荷

期待已久的時刻，終於來臨了！

歷經一次又一次的考驗與努力，

我總算辛苦熬出來，要與寶寶見面了，

我也即將結束戒慎恐懼的孕期生活。

寶寶27週時公布喜訊，

好多粉絲們給我們祝福，

讓我在興奮緊張之餘，更多了自信

我相信一定會有 Happy Ending

接近預產期時，寶寶的胎位一直不正（頭上腳下），

所以施醫師建議採用剖腹方式生產。

最後，寶寶稍微心急，在預產期前一天就早報到了。

全世界
最甜美的聲音

我的剖腹產過程相當順利,但是生產前一晚因為破水與宮縮的影響導致我睡不到2個小時,所以身體非常虛弱、疲憊。加上產後施打的促進子宮收縮針劑也讓我又暈又吐,整個人感覺很不舒服。除此之外,幾乎沒有任何疼痛或不適。

我不但產後當天就可以下床走路,甚至隔天也已經可以順利解小便,並且坐著繼續我的線上韓文課程。直到典典寶寶出生後的第三天,我的復原情形也是相當良好,不但已經排氣、拆尿管、下床走動、拆止痛藥小書包,而且我幾乎不會感覺傷口疼痛。我的情況看在已經是二寶媽的韓文老師眼裡,也嘖嘖稱奇對我感到佩服。

至今，我仍清楚記得寶寶誕生過程的每一個片段。特別是過程中的半身麻醉，更是讓我感覺非常「神奇」，值得特別一提。說穿了，半身麻醉就是把「痛」的感覺拿掉罷了！雖然隔著一塊布，我看不到自己的下半身發生了什麼事，但是當下我的眼睛卻是張開的，而且意識非常清楚的知道，醫師正在對著我的肚子進行一連串的撕、扯、挖、割、切……等動作。

當時我在產床上經過一番努力後，便聽見醫師大聲的宣布：「寶寶出來囉！」他開心的表示寶寶很健康。「咦～怎麼沒聽見哭聲呢？」當下我很緊張，腦中浮現許多曾經聽聞的生產急性狀況，內心很是焦慮，非常擔心寶寶是不是有什麼狀況。所幸醫師已經進一步解釋：「因為不是自然生產，所以寶寶還沒意識到自己出生了。」接著在醫師的「刺激」下，我終於聽到寶寶元氣飽滿的宏亮啼哭聲。

哇！那絕對是全世界最好聽、最甜美的聲音了。那是寶寶來到這個世界上的第一道哭聲呢！聲音好宏亮，

而且彷彿還充滿了對這個世界的好奇。從那一刻開始，我的淚水就像是水龍頭沒關緊似的「嘩啦！嘩啦！」流不停，情緒激動不已。

直到醫護人員把寶寶抱來身旁與我臉貼著臉「skin to skin」（肌膚對肌膚親密接觸），800多度大近視的我眼前就像是剛歷經了一場滂沱大雨，整個視野被淚水浸潤得溼透而模糊，沒能仔細看清楚寶寶的小臉蛋。但是我卻很清楚的感覺到寶寶的體溫。那是一個小小的身體，雖然觸感並不是特別柔軟，但卻是有溫度的，感覺真的非常神奇。尤其是手術房裡非常寒冷，更可以感覺到這個「有溫度」的軀體貼著我的臉。而且寶寶一被抱到我身旁後立刻就不哭了，我忍不住開始猜想，這對寶寶而言是一種安心的感覺嗎？

但是，我與寶寶的「skin to skin」卻只維持短短不到1分鐘的時間就結束了，隨後寶寶就被醫師抱出產房，讓正在外頭焦急等待的爸爸看看孩子，確認寶寶健康的同時，也「清點手指的數目」。

隨後醫師問我：「妳要就這樣保持清醒，我接著縫嗎？還是需要我再補點麻藥，讓妳睡一會？」我問醫師縫合傷口需要多久的時間，他回答我大概需要 20 分鐘。於是我告訴他：「那麼你還是讓我睡吧！」因為當下我真的好累，而且已經 20 個小時沒有吃東西了。

一直到我被推回病房，整個人還是感覺很不踏實，彷彿像是在做夢一樣。天啊！眼前是我期待已久的孩子，足足有 2800 公克呢！這和我當年出生時的體重一樣，難道也是上天的巧妙安排嗎？此刻的我心裡扎扎實實感受到她的「份量」，但千言萬語卻不知該從何說起，只是滿懷感恩頻頻向寶寶道謝：「謝謝妳來到這個世界上，謝謝妳來當我的女兒。」因為感恩這一切不容易，更珍惜我們一家所蒙受的恩典，於是我們特別將寶寶的小名取為「典典」，寓意全家人無盡的

典典寶寶 1 歲生日 vlog ／水中抓周／
親密睡前時光

感恩與祝福。

然而，相較於人人稱羨的順利剖腹產過程，我的產後「哺乳人生」卻是猶如天壤之別的反差。除了親餵過程不順，還有更嚴重的問題困擾我，那就是我竟然沒什麼奶水。往往努力擠了大半天也才勉強收集 0.1 毫升的奶水，我望著小針筒前端幾乎看不見的淡黃色乳汁啼笑皆非，心裡感覺好哀怨。

挫折的

哺乳人生

身為典典寶寶的媽媽，我想參與孩子的成長過程，希望在自己能力所及範圍，盡可能的給她一切最好的東西。母乳是媽媽給寶寶的第一份禮物，有益嬰幼兒的生理與心理發展，於是我決定親自哺乳。

只是沒想到哺乳過程這麼疼痛，甚至遠比剖腹產的傷口更痛。寶寶含乳時的感覺，就好像是自己的小指頭被門夾到，而且還是以每秒鐘兩次的頻率、每次為時10分鐘到30分鐘、每天至少要經歷8次到12次之多，如此密集、持續的進行著。最重要的是，我還不能推開夾到自己小指頭的這扇門，因此常常讓我痛得瞬間飆淚。

但我並沒有因此放棄親餵，只是奶量少得可憐，完全不夠孩子的需求。眼看著典典寶寶的體重持續下滑，出生時的體重2800公克到第四天已經減輕至2400公克（註1），最後醫師建議要補充配方奶，搭配母乳一起供給她成長所需的營養。

出生4、5天後，典典寶寶因為黃疸，必須接受照光治療。我為了親餵，也為了就近陪伴，期間還請護理人員幫忙，每隔3小時喝奶時間到了就提醒我，即使凌晨3點也不打緊。然後1個人在大半夜裡搭乘電梯，昏沉沉的「飄」到典典寶寶接受黃疸照光治療的中重症病房樓層，獨自坐在角落哺育母乳。

深夜裡的醫院很靜謐，尤其是在中重症病房裡，放眼望去盡是保溫箱與各種治療儀器，空調溫度又比一般病房低很多。對於還是新手媽媽的我而言，什麼事都是全新的學習，哺乳這件事也不例外。由於我的動作生疏，技巧也不熟練，為了不影響典典寶寶喝奶，索性我也只好解開上衣直接餵了。

親餵時感觸良多，我望著懷裡喝奶的典典寶寶，她吸得好認真、好用力，吸得幾乎像是快要缺氧，卻沒有絲毫要放棄的意思，尤其是喝奶後「奶醉」的紅通通小臉蛋，一臉滿足的表情讓我好感動。雖然至今我仍然無法克服餵奶時的痛楚，就算親餵後的胸部常常疼痛得又熱又燙，我也甘之如飴，知道自己一定會撐過去。身為媽咪的我有自信，一定要把妳養成白白胖胖的健康寶寶。

註1：體重是寶寶的健康指標。雖然嬰兒出生後的體重會比剛出生時略減，但只要在正常區間範圍（可參考 WHO 兒童生長曲線圖），成長進度都算穩定。

歇斯底里的
新手媽媽

產後我的心思幾乎都放在典典寶寶的身上。大概是身體荷爾蒙的影響，也可能是愛子心切所衍生的不安全感，我在產後曾經有過許多光怪陸離的夢境，也常會莫名萌生千奇百怪的擔憂。

還在月子中心時，我就經常夢到寶寶不見了或發生危險，然後噙著滿臉淚水驚醒。也曾夢見月子中心的護理師在進行擠奶衛教時，語帶指責的對我說：「妳怎麼都沒有奶呀？」接著，我就在驚恐、愧疚、不解，同時還摻雜著生氣的複雜情緒裡甦醒回到現實。

「歇斯底里」的疑神疑鬼誇張事件還不只這些呢！坐月子期間，每當我與典典寶寶共處在同一個房間時，

常常也會突如其來的不知所措，接著感覺焦慮不已。我無法克制自己，好像非得緊盯著典典寶寶才放心，深怕她一離開我的視線就會出狀況。有時候，甚至連抱著典典寶寶在走路的當下，也會擔心自己踢到東西絆倒，或是擔憂把寶寶給摔著了或重壓受傷。後來聽很多媽媽分享，原來是因為我太焦慮了，所以才會出現這樣的狀況。據說，很多新手媽媽也常出現類似的狀況呢！

因為我沒有照顧新生兒的經驗，所以自己也一直很擔心忽略細節而影響寶寶的成長，或是錯過黃金治療的關鍵期。如果因為自己的疏失，而對孩子造成一輩子無法挽回的影響，說什麼我也不會原諒自己。就是這樣說不上來的強烈意念，讓我願意不計代價保護孩子的安全。

我相信「當媽媽」這件事需要學習，雖然過程辛苦，但是肯定值得。我可以體悟「媽媽」這個角色的心路歷程，以及陪伴孩子成長的心境，這是永無止境、不

斷前進的過程，除了無時無刻會對育兒所帶來的不同狀況感到焦慮，卻也充滿了期待，並且因為看到孩子的成長而開心。

憂喜交織的
育兒生活

直到典典寶寶5個月大逐漸會回應我們，我才漸漸「享受」當媽媽的樂趣。雖然焦慮的感覺持續存在，畢竟對新手爸媽而言，照護寶寶都會面臨不同挑戰，也有新的課題要學習。但無論如何，我們全家人都願意互相支持、陪伴典典寶寶成長。

斗哥曾說：「在孩子的成長過程中，每件事都只會在這個時間點當下發生，一旦錯過就不會再有了。」因此，我們都非常珍惜在一起的親子時光，用心把握寶寶成長的每一天，就算只是整天陪她玩遊戲、隨興探索周遭環境，甚至只是盯著她看，也不覺得厭煩。

當然過程中我也曾經憂心典典寶寶的身體發展。民間

流傳「7 坐 8 爬」的說法，但是 8 個月大的典典寶寶還不怎麼會爬，即使目前 1 歲多了，依舊還是習慣「3 腳爬」的方式，而且也不太會走路，因此讓我擔憂她的成長進度是否落後。不過我們卻發現典典寶寶「學說話」比同齡孩子快，現在已經能清楚說出「爸爸」、「媽媽」、「哥哥」與「貓咪」等詞彙。我想每個小孩都有自己長大的進度，儘量開心陪伴他們就好，有任何擔憂就去「找醫生」。

平常在家，我們不想設限典典寶寶的活動範圍，因此沒有設置圍欄之類的屏障，希望她能盡情爬、開心玩，並且自在探索。同時我也注意她的一舉一動，備妥抹布隨時擦拭地板保持清潔，提供孩子安全又乾淨的環境。

沒想到我這樣的舉動成為最佳「身教」，典典寶寶竟然有樣學樣，只要拿到類似抹布的東西，就會主動的東擦擦、西抹抹，一派自然的模仿我平常的動作。子銓哥哥還會借題發揮，對著妹妹開玩笑說：「哈！妳

這是在打工換宿嗎？好棒喔！」然後用手指著地板示意，「這裡髒、那裡髒，要擦乾淨喔！」兄妹的逗趣互動常常讓我與斗哥看得笑開懷。

兄妹 20 小時 vlog ／典典寶寶 1 歲預防針／
第 1 次剪頭髮／小球童家政婦上線囉

用愛實踐
教養的意義

享受甜蜜之餘，「挑戰」也是有的。特別是這個階段的寶寶，對許多事物都覺得新鮮。典典寶寶也不例外，她會好奇想探索周遭環境，甚至「搗亂」家裡的東西。

她會爬上客廳的矮櫃，把籃子裡的備用尿布「滿！天！丟！」面對這樣的行為，我總是很包容的一再告訴她「不可以」，心想寶寶難免好奇嘛！反正丟的是尿布，又不是杯盤之類的危險易碎物品，撿回來再整理就好了。但斗哥不認同，他認為要立規矩，不該是讓孩子感覺「好像可以，又好像不可以」的模稜兩可態度。

教養是條漫漫長路，無論對父母或孩子都是一輩子的學習，需要全家人共同努力。日常生活中，我還是會

嚴謹要求典典寶寶該有的規矩，該管的、該教的、該講的，我都會耐心教導她，但會謹記與斗哥溝通後的共識原則：維持家庭氣氛和諧。

我承認自己很會碎唸，特別是一早醒來看到不符合期待的狀況，像是子銓小時候自己的東西該準備卻沒準備好，我就會忍不住開始碎唸。有一次斗哥終於告訴我，像這樣一早家裡氣氛就不好，也會影響他整天的心情。

我明白斗哥的意思，教養孩子固然重要，但如果因此讓全家人都不開心，就必須調整方法了。畢竟家庭氛圍不好，只會讓親子之間的距離愈來愈遠，隱藏愈來愈多的心事。

我不希望最後演變成這樣的結果。所以會修正自己的做法。因為再嚴厲的要求都有柔軟的空間，再多的碎唸都有微笑的餘地，唯有我努力學習面對寶寶調皮時「溫柔的堅定」，這樣家庭氣氛才會和諧融洽。

當所有的要求與想法都出自對孩子的愛，而非顧全父母自己的顏面與期待時，才能真正落實「教養」兩個字的真義。無庸置疑的，父母肯定都會為孩子擔憂，「愛」終究才是唯一的答案。

Chapter 9

恐怖的
2條線

前幾年，新冠疫情席捲全球，
疫情對全世界的產業與生活帶來許多衝擊與未知。
面對疫情，我和幸哥始終小心應對。
加上家裡有典典寶寶這樣的嫩嬰，
我們更是謹慎留意生活細節，不敢輕忽大意。
除了幾乎足不出戶，拒絕大部分親友探訪，
更是時時消毒，用心維護各種居家環境清潔，
無奈這般小心謹慎，
最後還是無法避免全家人確診的結果，
實在讓人挫折。

2 個多月大的典典寶寶
確診了

家裡最先確診的人是斗哥，他在學校任教，平時就很嚴格落實防疫工作。其實他已經非常警覺了，早在確診前 4 天、5 天尚未出現發燒症狀，只覺得喉嚨緊緊的不舒服時，就已經頻繁的快篩確認。直到第六天快篩結果陽性，更是毫不猶豫的衝進房間隔離。

由於當時典典寶寶只是 2 個多月大的嫩嬰，萬一發生任何狀況，往往病程發展快，情況會更危急。（註1）我們因為考量嬰兒的抵抗力較弱，所以也很警覺的同步為典典寶寶快篩，雖然第一次快篩時呈現陰性，也沒有因此鬆懈警戒。

起初典典寶寶沒有任何症狀，也沒發燒。剛好那陣子

她的飲食作息有些改變，胃口沒有之前好，睡眠時間
也較以往長。我一度猜想是厭奶期的反應，甚至還語
帶欣慰的笑著對斗哥說：「我們的寶寶終於可以一覺
睡到天亮了。」不過因為喝奶量與睡眠是判斷嬰幼兒
健康的兩大指標，所以我仍然持續觀察不敢輕忽。

沒想到就在斗哥確診的隔天早上，典典寶寶突然不喝
奶了。餵奶時，明明嘴巴有吸吮動作，但是奶瓶裡的
奶量卻一滴不減，但一拿開奶瓶，卻又很矛盾的出現
討奶動作。看她懶洋洋精神不濟的模樣，全身又軟綿
綿的沒什麼力氣，實在讓我擔心。

於是我立刻再為她快篩，結果最恐懼的事還是發生了。
試劑出現讓人頭皮發麻的 2 條線，典典寶寶確診了！

當時疫情險峻，讓人聞之色變，短時間內已經帶走許
多寶貴性命。我與斗哥都很清楚這波疫情來勢洶洶，
對小孩與老人會有致命的殺傷力。

我心疼典典寶寶歷經重重困難才誕生來到這個世界，如今又在疫情非常時期確診，我們焦慮到幾乎不知所措。雖然她很不舒服，但在面對我們時依舊綻放最甜美的笑容，彷彿很努力在安慰我們別憂心。這一幕讓我與斗哥看得好揪心，再回想還是眼淚直流。

斗哥視訊會診小兒科診所後，隨即遵照醫師指示要我帶典典寶寶前往醫院急診就醫。無奈遲遲等不到已經預約的防疫計程車，最後便決定自行開車前往。

註1：就嬰兒照護而言，3個月是重要的「檻」。一般而言，3個月以上的嬰兒如果發燒，可能還容許再觀察。但是對於不足3個月大的嬰兒而言，只要發燒就必須立刻就醫。根據當時新冠肺炎的防疫規範，像典典寶寶這樣才2個多月大的嬰兒，一旦確診就必須立刻送往大醫院急救。

什麼！
要抽脊髓液做檢查？

抵達醫院後正在辦理手續的同時，典典寶寶已經被醫護人員抱進急診室。隨著眼前自動門再度關上，我抬頭看見典典寶寶被抱進的診間大門上方清楚標示著「中重症急救室」，瞬間心又揪成一團。

然而我只能在醫院外等待。過了好久，終於等到醫師出來解釋典典寶寶的狀況。他要我放心，保證寶寶會得到最好的照護。同時他也告訴我，隨後院方會將寶寶經由專門通道直接送上救護車，轉送兒童加護病房照護。不過礙於防疫規範我不能隨車前往，所以他們允許我現在進去探視寶寶。

接下來的場景，我一輩子也忘不了。我看見典典寶寶

的小小身軀癱軟著，躺在完全不符合她身材比例的大大病榻上，被褥上還有不明血漬，讓人怵目驚心。

我無暇多問，只是拿出從家裡帶來的奶嘴，輕輕放入典典寶寶的口中哄著她：「典典寶寶不怕不怕，吸著奶嘴想像媽媽陪著妳喔！」她沒有回應我，依然是虛弱的躺在病床上沉沉昏睡。

當時醫師告訴我，典典寶寶的 Ct 值（註2）只有 16.8，顯示可能剛染疫不久，體內的病毒量高。同時也因為稍早寶寶喝不下奶，所以小腿出現類似大理石的紫色斑紋，判斷身體輕微脫水。因此，院方已經先為典典寶寶注射點滴補充營養，並且給予抗病毒藥物。

由於典典寶寶的活力與意識狀態讓人擔憂，為了避免病毒入侵大腦而導致腦炎或腦膜炎，醫師在慎重評估後已先使用抗生素。

除此之外，醫師推判病毒很可能正在攻擊典典寶寶的

免疫系統，因而影響凝血功能無法正常發揮，導致身體開始出現一些紅色斑點。他甚至還告訴我，典典寶寶可能需要輸血，並且要抽脊髓液檢查，進一步做細菌培養，我無法想像 2 個月大的典典寶寶要抽脊髓液，聽完簡直要心碎了。

評估醫師的分析建議後，我們簽署了幾份同意書，決定讓典典寶寶進一步接受抽脊髓液檢查、抽血（檢測發炎指數），以及腦波（檢測腦膜炎）等檢測。感恩檢測結果正常，我與斗哥終於放下心裡的大石頭。

_____

註 2：循環數閾的英文是「cycle threshold（CT）value」，簡稱為「Ct值」，是實驗室中將新冠肺炎病毒基因，透過病毒核酸檢測（PCR）後的數值，臨床上用來判斷檢體呈現陽性或陰性的參考。

病榻上的
龍蝦寶寶

無奈典典寶寶確診後隔天，我也確診了。真是屋漏偏逢連夜雨，我與斗哥雙雙確診，這下也無法在加護病房的會客時間探視寶寶了。

我們只能每天緊盯著手機與醫院保持聯繫，等待上午11點到12點的 LINE 線上會診時間，向醫師請教典典寶寶的病情最新發展。醫院非常專業，因為這次是由感染科醫師、加護病房醫師，以及神經科醫師共同會診，所以我們都很清楚典典寶寶受到很好的照顧，每一個細節都有照護到。

期間醫院還很貼心的傳來典典寶寶的照片，希望安撫我們的擔憂。看著她小小的臉蛋上，因為要固定奶嘴而被

貼上的膠布，心裡好捨不得。這樣的情況太折磨人了！明知孩子生病卻無法親自照顧，就連關心病情也只能仰賴醫護人員透過手機傳來的隻字片語。我好想衝進醫院抱抱她，希望代替她承受所有病痛的不舒服。

典典寶寶入院後我還是每天整理家務，更努力的讓居家環境維持一塵不染。這是目前我唯一能為典典寶寶做的事了，希望當她出院回家的那一天，打開家門迎接她的，會是她所熟悉、既乾淨又舒服，同時也是我們彼此最愛的家。

後來典典寶寶的病情好轉，住院第四天便從加護病房轉至一般專責病房，允許 1 位家屬陪同照護。

這麼一來，解除隔離的斗哥可以進入病房照顧典典寶寶。因此直到典典寶寶出院前的這幾天，我終於可以與斗哥視訊看看思念的孩子。

看到她那雙小手，因為靜脈注射的安全考量而被板子與

膠帶捆住固定，同時也因為擔心被打針的管線刮傷臉而用尿布緊緊包覆，整個人的樣子看上去活像是一尾小龍蝦。雖然頗有幾分「卡通」的逗趣與詼諧，卻也讓我們心疼小小年紀的她飽受這一連串病痛的折騰。

不怕！
未來我們一起保護妳

典典寶寶在專責病房住了 3 天後，總算出院回家了。本來以為病厄可以就此劃上句點，沒想到她竟然出現「加護病房症候群」（註3）。不僅整個人瘦了一大圈（實際測量結果，體重至少掉了 200 公克），就連身上的肉也變得鬆鬆軟軟的不扎實。最重要的是，寶寶整個人的狀態已經與入院前大不相同了。

最明顯的改變是睡眠習慣。加護病房裡的 24 小時強光、醫療機器的運作聲響，導致典典寶寶的生理時鐘被打亂，加上沒有父母陪伴安撫，更讓她沒有安全感。因此出院回家後的典典寶寶不僅睡眠時間變得不固定，就連睡眠品質也變差，很容易因為一點風吹草動被驚醒。

此外，她的哭聲也變得和以往不同了。有時候明明周遭沒有任何聲響，卻會沒來由的突然激動嚎啕大哭。又或者會發出嗚嗚咽咽的哭泣聲，彷彿像是在對人傾訴自己遭受了什麼委屈。各種哭聲聽在我們父母的耳裡，心疼得難以言喻。

典典寶寶出院回家後，我們更積極努力的陪伴照顧，給予她更多的擁抱與安撫，希望讓她重新感受到滿滿的關愛與安全感。同時，我們也謹記醫師的叮嚀，持續注意她的各種反應與變化，避免發生多系統炎症徵候群（註4）

經歷疫情折騰，總算全家人都平安了。非常感謝所有醫護人員的辛苦，感恩他們的專業與用心，幫助我們平安渡過這次染疫的重重驚險。

典典寶寶確診進了加護病房
經驗分享／大家健康平安／謝謝醫護辛苦了

看著在嬰兒床上靜靜熟睡的典典寶寶，雖然我不知道未來她的人生還會遭遇多少苦難，但可以確定我與斗哥都願意陪伴她一起經歷人生大小事，並且會在她遭逢災厄之際奮不顧身的衝上前，卯足全力捍衛她的安全。就像斗哥所說的「妖來殺妖，鬼來殺鬼！」我們願意用自己的生命來保護她。

註 3：加護病房症候群（ICU Syndrome），或翻譯為「ICU 症候群」。住進加護病房裡的病患，由於面對的是單調而且封閉的病房環境，加上期間所接受的與醫療行為，因而影響心理、生理與行為出現異常的情形。

註 4：多系統炎症徵候群（Multisystem inflammatory syndrome in children，MISS-C）是指新冠肺炎染疫康復後，持續又發生多重性器官發炎的情形，好發於 0 歲的嬰兒至 17 歲的青少年。

Chapter 10

堅定不移的
900多個日子

許多人都說，「小僑很勇敢，而且很堅強。」

斗哥也曾說我有點「狂」，甚至帶點傻勁，

總是不計後果全力狂奔。

我覺得成功多少帶點運氣，

自己不會因為失敗而遺憾，

怕得是在事後填還或年老後回想，

會萌生「早知道⋯⋯當時再如何努力就好了」的懊悔。

畢竟時間無法回頭，

誰也無法改變過去

能做的就是盡人事，能否成功就交由上天安排吧！

如果盡力後還是失敗，

我也只會一笑置之坦然面對。

盡人事聽天命，
孕前先諮詢醫師吧！

我從不覺得自己勇敢，只是不想徒留遺憾罷了！我認為只要對人生分析透澈，何妨就大膽放手去做吧！因為只要開始了，過程中隨時可以調整，就算中途後悔要退場也無所謂，至少已經付諸行動去嘗試，就不會有遺憾。

我想起某天在工作場合上，一位女性朋友走過來要求與我合照，她開口第一句話就對我說：「妳很幸運！」原來她做試管嬰兒不下數十次了，但至今仍未成功，因而對未來感到茫然。我可以體會她心中的無力感，因為年紀愈大愈難受孕，就像是一場和時間的賽跑，可以想像她未來又必須面臨更多挑戰。

相較之下我的試管嬰兒療程只花了 2 年半的時間就成

功，而且期間只休息引產完的那 3 個月，雖然過程辛苦慘烈，終究還是得願以償。對我而言，決定後就是卯足全力向目標前進，甚至不讓自己有機會喘息。

如果回到最初，我一定會更正確有效率的進行求子懷孕這件事。我認為首先要思考的問題是：婚後要不要生孩子？特別是像我這樣已經年屆 40 歲的高齡，更應該認真想清楚這個問題。

一旦決定要生孩子，那麼接下來該做的事就是找醫師諮詢，澈底了解自己的健康情形，明白不同的懷孕方式要花多少錢、可能面臨那些問題，客觀評估各方面條件。收集資料絕對是必要的，諮詢專業遠勝過自己在網路上盲目搜索，也比道聽塗說來得實際多了。

畢竟懷孕的方式百百種，像是自然懷孕、中藥調理、民間偏方，或是做試管嬰兒等選項應有盡有。自己首先要對各種方式有明確了解，才知道如何做準備。就算最後的決定是要求神問卜，也得先認真做功課，了解哪一間廟靈驗，祭拜時又該準備哪些鮮花素果。

選擇適合的懷孕方式
量力而為

綜觀各種懷孕方式，我發現至今許多人仍對做試管嬰兒存在相當大的誤解。

某次在餐廳吃飯時，剛好聽到隔壁桌的上班族討論生子話題。看上去年紀小我 10 歲左右，我從對話中發現她們對於取卵、凍卵等知識完全錯誤。我憂心不已，甚至激動到差點要出聲平反，好想上前告訴她們：「不是這樣的，妳們的認知是不對的。」

我忍不住為她們捏把冷汗，對生育方式沒有正確認識的前提下，又怎能客觀對生子計劃做正確決定呢？實在是太冒險了。

我建議想懷孕生子的女性先檢查婦科生理機能，尤其是 AMH 女性卵巢功能測試，這樣可以更了解自己的身體，明白目前的卵巢機能與卵子品質，後續再配合其他檢查結果才能更精準判讀，等到面臨生育方式的抉擇時才有客觀的參考依據。

女性為了懷孕生子可能都曾經嘗試各種方法，我也不例外。但是，我知道努力要設停損點。過去我也為自己設定了努力的最後期限，甚至認真思考過領養孩子的可能。畢竟努力不代表一定會成功，所以我從不抱持「不成功便成仁」的心態，因為我是要當媽媽，而不是要成為烈士。

無論最後的決定是什麼，請愛惜、保護自己。在求子過程中，我的治療與用藥都經過合法執業醫師的專業診斷與評估，全程遵照醫護人員指示使用。雖然我願意為生子目標努力，但絕不可以讓自己的健康和生命產生風險。

此外，更要明白自己的能力範圍，其中也包括經濟能力。記住要把握「有多少錢做多少事」的大原則，因為孩子生下之後，後續還有教養問題要操煩，前提至少得提供他衣食無虞的基本生活。曾經有朋友與我分享，他們為了做試管嬰兒不惜付出任何代價，甚至賣掉自己的房子也不足為惜，因為他們認為錢再賺就有了，一心一意只想要擁有自己的孩子。老實說每次聽完這些故事我都好難過，而且更打從心底好疼惜他們。我能理解他們的心情，畢竟父母總是竭盡所能想給孩子最好的一切。但是人生很長、很遠，我希望大家可以更審慎的從長計議，不要為了想有孩子而犧牲所有。

年輕時
先凍卵留住希望

有些女性還在備孕階段就擔心自己是不是免疫媽媽，我認為不必在一開始就煩惱這個問題。除非有自體免疫疾病，否則胚胎進入子宮前都沒有機會啟動免疫機制，無從根據體質來判斷自己是否為免疫媽媽。

第一次做試管嬰兒失敗後，我檢討是否還有問題該注意卻未注意、是否有辦法再提高受孕成功率等，因此失敗後才會前往送子鳥生殖中心尋求進一步協助。最後也終於找出問題，有機會往正確方向努力，積極治療身體的免疫系統。

唯有對專業知識有基本認知，才能客觀評估自己的生理、心理因素，進而權衡環境因素、經濟條件等利弊

得失，對現況做最合適安排。

晚婚趨勢下高齡產子比率高，加上環境汙染與現代人的高壓力與不健康生活型態，文明病的比例愈來愈高。就算外在的臉蛋與體態保養得宜，也可能提前在30多歲發生子宮或卵巢早衰等問題。這麼一來，生育又更困難了。

我因為走過這些歷程，所以才會建議現代女性在年輕時先「凍卵」。至少那個時候卵子的數量與品質都更好，會減少胚胎不良率、降低染色體異常程度，各種條件都遠比40歲時要好多了。如果我在30歲時曾經「凍卵」，現在一定很感謝自己當時的決定。

也許時下很多年輕人表態不想生子，但隨著人生走過不同階段，當初的想法可能改變，也許某天遇見「對」的人突然改變心意想結婚生子，卻因為生理機能衰退而失去成為父母的機會，豈不是很遺憾嗎？所以我覺得「凍卵」類似「買保險」的概念，在取卵手

術後大約支付 5 年到 10 年的管理費用，為未來的人生買個「機會」提早做規劃。

因為身為女人，所以我更明白自己選擇的求子這條路有特別不同的意義。雖然我只歷經了 5 年的求子時間（包括 2 年多的自然懷孕，以及 2 年半的試管嬰兒療程），但我卻很清楚女人懷孕的辛苦，即使不是做試管嬰兒，也是非常辛苦的歷程，因為那是傾盡全身心靈，去拚搏、孕育、創造生命的過程，我認為這是非常偉大的事。因此，我由衷的希望身為先生的讀者，都能對自己身邊的女人付出更多的體諒與照顧。

如今我再看到這些辛苦的媽媽，更會打從心底對妳們特別的尊敬。對於跟我有過類似經歷的妳們，我感到非常的心疼與不捨，好想對妳們說：「妳們經歷過的這些，我懂，我真的都懂。」我真心想給妳們更多的勇氣、鼓勵與陪伴。祝福大家平安健康，心想事成。

後記

那麼，至於我自己呢？

雖然本書的內容即將要結束了，但對我而言，卻感覺自己剛完成一個人生的階段任務，未來還有許多事情要完成。走過求子這一遭，我覺得自己更有勇氣了。如今我身為媽媽，也覺得自己比從前更堅強、更天下無敵。未來，我也會繼續再帶著這份勇氣面對每一天，去追尋自己的夢想、陪伴孩子長大。

畢竟自己 40 多歲了，明白很多事情無法再等待，更要把握時間去完成！我的人生還有很多夢想呢！我想繼續拍戲留下更多更好的作品，想與典典寶寶創造更多美好回憶，也想看著子銓與典典寶寶長大、成家立

業，甚至還想要幫忙他們帶孩子，前提是我得維持最
佳心態、擁有健康身體，才有機會實現心願。

誌謝

在求子過程中，我很幸運受到很多人的幫助和支持，藉著這本書，我要向他們獻上最誠摯的感謝。

首先要感謝的就是台灣艾捷隆（Igenomix Taiwan），在我第一次做試管嬰兒失敗後就找上了我，我才了解原來有那麼多的基因檢測項目。我所有的基因檢測項目都是在那邊做的，包括 EndomeTRIO 子宮內膜三合一檢測（包括 EMMA 子宮內膜菌叢檢測、ALICE 感染性慢性子宮內膜炎檢測、ERA 子宮內膜容受性檢測），以及 PGT-A 胚胎著床前染色體篩檢、NACE（NIPT）非侵入性產前染色體檢測、CGT 特定基因帶有者檢測。我的這些基因檢測項目就是我最好的武器，讓我少走冤枉路、不再瞎子摸象、指引我最正確

的方向。

感謝送子鳥生殖中心的賴興華醫師，他及早察覺我的不孕有可能是免疫問題，充滿自信與理性，比我還要擔心我的身體跟寶寶的狀況。一有問題，我都是第一時間衝回送子鳥，就像我的娘家一樣，特別感謝他和團隊這一路來的鼓勵與陪伴。

臺安醫院風濕免疫科杜昀真醫師的行事風格果決，精準有效率，總是直接聚焦問題，很快提出解決方法。特別是我在胎停後求診於她時，她非但沒有安慰我，反而引導我再接再厲。無論反應或回答永遠超前部署，很感謝她為我治療免疫問題。

臺大醫院婦產科的施景中醫師負責我的產檢與接生任務。他為人誠懇，滿懷濟世救人的熱忱讓我印象深刻，各種妊娠「疑難雜症」都非常願意嘗試努力。除了自己最有把握的專業，施醫師也為我提供最扎實的醫療服務。不但會很有耐心的聆聽、充分理解我的問

題，而且永遠語速穩定、氣定神閒，給焦慮的我滿滿的定心丸。

在 2 年半的試管療程期間，非常感謝粉絲朋友對我的關懷。謝謝你們在路上遇到我時的問候與祝福，謝謝你們用留言或私訊的方式與我分享自己的心路歷程，並且時時為我祝福、默默為我加油打氣，真想給你們一個大大的擁抱。

最後，也要感謝我最親愛的家人，感謝我的爸爸、媽媽、婆婆、斗哥、子銓，以及典典寶寶的姑姑和姑丈，謝謝你們這一路上對我的關愛，無條件的全力支持我，是我最厚實的後盾。

國家圖書館出版品預行編目（CIP）資料

1000 針的勇氣 / 趙小僑作 . -- 第一版 . -- 臺北市：親子天
下股份有限公司 , 2023.10
　208 面；14.8×21 公分 . --（輕心靈；10）
　ISBN 978-626-305-614-5（平裝）

863.55   112016877

輕心靈 010

1000 針的勇氣

作　　者｜趙小僑
採訪撰述｜王淑儀
責任編輯｜蔡川惠、王淑儀
編輯協力｜曾文正
校　　對｜周瑾臻
封面設計｜Ancy Pi
內頁設計｜連紫吟、曹任華
行銷企劃｜溫詩潔、洪筱筑

天下雜誌群創辦人｜殷允芃
董事長兼執行長｜何琦瑜
媒體產品事業群
總 經 理｜游玉雪
副總經理｜林彥傑
總　　監｜李佩芬
行銷總監｜林育菁
版權專員｜何晨瑋、黃微真

出 版 者｜親子天下股份有限公司
地　　址｜台北市 104 建國北路一段 96 號 4 樓
電　　話｜(02) 2509-2800　傳真｜(02) 2509-2462
網　　址｜www.parenting.com.tw
讀者服務專線｜ (02) 2662-0332　週一～週五：09:00~17:30
讀者服務傳真｜ (02) 2662-6048
客服信箱｜ bill@cw.com.tw

法律顧問｜台英國際商務法律事務所　羅明通律師
製版印刷｜中原造像股份有限公司
總 經 銷｜大和圖書有限公司　電話｜ (02) 8990-2588

出版日期｜ 2023 年 10 月第一版第一次印行
定　　價｜ 450 元
書　　號｜ BKELL010P
I S B N ｜ 978-626-305-614-5（平裝）

訂購服務
親子天下 Shopping ｜ shopping.parenting.com.tw
海外‧大量訂購｜ parenting@service.cw.com.tw
書香花園｜台北市建國北路二段 6 巷 11 號　電話｜ (02) 2506-1635
劃撥帳號｜ 50331356 親子天下股份有限公司

立即購買 >